Invitation à la théorie de l'information

Emmanuel Dion

Invitation à la théorie de l'information

Éditions du Seuil

ISBN 2-02-029940-2

A ma grand-mère Marie-Madeleine Hattenberger,
contemporaine de Claude Shannon,
en hommage à une vie de gentillesse et de discrétion.

A Éléa et Iris, mes deux filles adorées.

Introduction

L'information est un concept dont la portée n'a d'égale que la difficulté qu'il y a à l'évoquer en termes généraux. Si l'on tente l'exercice en effet, on réalise vite qu'il est tout aussi difficile d'éviter les poncifs sur l'« ère de l'information » ou la « révolution de l'information » que de caractériser précisément ce qui constitue la nature ou la spécificité du concept. Énoncer par exemple que l'information est l'une des notions les plus importantes, les plus universelles et les plus actuelles qui soient relève davantage de l'incantation que de l'analyse critique, et, comble de maladresse, la trivialité du constat le vide de tout caractère informatif.

Comment est-il donc possible de traiter du concept d'information sans sombrer dans la platitude ou l'évidence ? Peut-être en le comparant au seul autre principe d'une importance et d'une variété de formes comparables : le principe d'énergie. Il y a en effet un parallèle intéressant à établir entre la montée en puissance de l'information à la fin du XXe siècle (apparition de l'ordinateur, développement de la société des médias, des supports numériques, des réseaux, des autoroutes de l'information, etc.) et le même phénomène enregistré les deux siècles précédents en ce qui concerne l'énergie, facteur clé de la révolution industrielle (apparition de la machine à vapeur, du chemin de fer, de l'automobile, etc.). Parallèlement, on peut observer que de tout temps les grandes inventions de la civilisation ont servi soit à maîtriser et utiliser l'énergie (le feu, la roue, la voile, le moulin, la machine à vapeur, l'électricité, le moteur à explosion, la bombe atomique), soit à maîtriser et utiliser l'information (la parole, l'écriture, l'imprimerie, la photographie, le téléphone, la radio, la télévision, l'informatique). Il en ressort une typologie originale permettant de retracer la quasi-totalité de l'évolution des sciences et des techniques depuis la naissance de l'humanité.

En termes épistémologiques, on peut aussi remarquer que pour l'énergie comme pour l'information, la naissance d'un concept unique et d'une unité de mesure commune a été largement postérieure à nombre d'applications pratiques. On pourrait dire que, dans les deux cas, l'utilisation de la ressource a précédé sa conceptualisation : ce n'est qu'au milieu du XIXe siècle que les physiciens ont émis l'hypothèse d'une identité de nature entre l'énergie mécanique, la chaleur et l'énergie électrique (entre autres) et les ont de ce fait quantifiées dans les mêmes termes, en faisant apparaître une unité physique nouvelle, le joule. Et, parallèlement, ce n'est qu'un siècle plus tard que la même démarche a pu être observée en ce qui concerne l'information, avec l'apparition de la théorie de Claude Elwood Shannon. La notion jusqu'alors vague et simplement qualitative d'information a alors subitement pris un sens précis dans le même temps qu'elle se dotait d'une unité de mesure nouvelle, le bit.

Si on ajoute que certaines réflexions à propos du plus fameux paradoxe de la physique théorique, celui du démon de Maxwell, ont conduit dans les années 1950 à la mise en équivalence directe de l'énergie et de l'information à la constante de Boltzmann près, on aura une idée singulière de la pertinence de la comparaison.

La publication de l'ouvrage fondateur de Shannon, écrit en 1948, *Une théorie mathématique de la communication*, restera donc certainement comme l'un des grands événements de l'histoire de la science au XXe siècle [1]. On y découvre un jeu de théorèmes, mais surtout de simples définitions, que beaucoup de chercheurs issus aussi bien des sciences humaines que des sciences exactes jugent d'une grande puissance, d'une grande élégance, d'une grande généralité et d'une grande beauté. On a pu à ce propos parler d'un véritable raz de marée déclenché par la théorie de l'information et la cybernétique, celles-ci étant à l'origine difficilement dissociables l'une de l'autre. Une bibliographie publiée en 1953 permet de donner une mesure significative du phénomène : seulement cinq années après la parution des deux ouvrages fondateurs de Shannon et Wiener, la liste des ouvrages cités en référence ne comporte pas moins de 60 pages et 979 titres [2] ! Depuis, la fréquence de ces publications a naturellement diminué, et la théorie de l'information, perdant son caractère initial de phénomène de mode, a acquis en contrepartie un statut de théorie à part entière, statut attesté par sa présence particulièrement forte dans les débats épistémologiques à tous les degrés de vulgarisation.

1. Signalons dès à présent que, assez bizarrement, les deux termes « théorie de l'information » et « théorie de la communication » sont indifféremment employés pour désigner exactement la même chose, à savoir le travail fondateur de Shannon et ses nombreux développements. Shannon lui-même préférait « théorie de la communication », mais l'usage a consacré « théorie de l'information ».

2. F.L. Stumpers, *A Bibliography on Information Theory, Communication Theory, Cybernetics*, Trans. of IRE, novembre 1963.

Peu de grandes théories scientifiques modernes rassemblent toutes les caractéristiques qu'on peut prêter à la théorie de l'information. Si l'on voulait établir une comparaison avec d'autres grandes théories contemporaines, on pourrait dire sommairement que :

– La théorie des systèmes, plus vulgarisée et conceptuellement aussi riche, ne possède ni ne prétend posséder un quelconque contenu mathématique neuf, et en reste de ce fait à un niveau moins opératoire.

– La théorie des catastrophes, à l'immense ambition aristotélicienne, repose sur des séries d'opérations mathématiques complexes qui limitent pour l'instant sa diffusion conceptuelle.

– La théorie des ensembles flous, qui n'a jamais atteint à une véritable respectabilité universitaire, semble assez datée et relativement peu liée aux sciences de la nature et de la vie. Son extension disciplinaire, principalement limitée aux frontières de la logique mathématique et de l'informatique appliquée, la rend moins transversale et plus contingente que la théorie de l'information.

– La théorie du chaos (on entend parfois ce terme) n'existe pas en tant que telle. Même si les notions de chaos et de déterminisme sont fortement revenues à la mode, les textes qui rassemblent les idées contemporaines sur le sujet s'appuient sur des considérations variées, parfois anciennes, et ne constituent pas un véritable corps de définitions et de lois qu'on pourrait apparenter à une théorie globale.

Seule la théorie des jeux, peut-être, du fait de sa double composante mathématique et conceptuelle d'une part et de sa large diffusion d'autre part, pourrait prétendre à un statut comparable à celui de la théorie de l'information. Ces deux théories, la théorie des jeux et la théorie de l'information, entretiennent d'ailleurs des relations qui, si elles n'apparaissent pas spontanément à l'énoncé de leurs principes, sont riches d'enseignement en ce qui concerne leur histoire et leur statut respectifs. Nous aurons l'occasion de revenir plus loin sur ce point.

Du fait de son caractère universel, la théorie de l'information n'a pas à proprement parler donné naissance à une branche scientifique nouvelle, mais elle a enrichi à des degrés divers plusieurs disciplines différentes, voire indépendantes, comme l'informatique, la thermodynamique, la biologie, la psychologie, l'économie et la linguistique (entre autres), et elle a de plus fait l'objet de nombreuses métaphores en philosophie, sur la nature de la vie et de l'art en particulier.

Dès lors, il y a deux façons presque opposées de la considérer : ou bien l'on estime que, du fait même de cette diversité et des déviations multiples dont elle a été victime, la théorie de l'information ne consiste en fait qu'en la généralisation souvent abusive d'un petit nombre d'opérateurs mathématiques déjà connus (comme le logarithme du maximum de vraisemblance), et que le reste n'est qu'un vaste phénomène de mode plus ou moins volontairement orchestré par un ensemble d'acteurs qui avaient intérêt à l'émergence de ce phénomène ; ou bien l'on considère que la variété et la richesse des champs d'application de la théorie de l'information sont justement le témoin de son caractère fondamental et central dans les sciences modernes.

Mais ce débat, extrêmement vif dans les années 1950 aux États-Unis, puis en Europe jusque dans les années 1980, ne doit-il pas lui-même être considéré comme un faux débat ? N'est-il pas possible de penser que la théorie de l'information a été *à la fois* l'objet d'un phénomène de mode et, en partie à cause de cela, une source d'inspiration féconde et d'opérateurs mathématiques adéquats pour de nombreuses disciplines scientifiques en plein essor ?

Nous allons tout de suite essayer d'éclairer ce débat par une première lecture chronologique, historique et pour ainsi dire sociologique de la théorie de Shannon.

1. La théorie de l'information : une théorie transversale au cœur de la science moderne[1]

La théorie de l'information, pièce maîtresse de l'histoire des sciences cognitives

La communication au sens le plus large existe sous bien des formes, et nombreuses sont les théories qui, de la théorie psychanalytique à la théorie pragmatique de la communication en passant par la linguistique ou les télécommunications, ont apporté leur contribution à son analyse. L'apport de la théorie de Shannon est original en ce qu'elle est la seule à avoir proposé une approche véritablement quantifiée du phénomène de communication. Or, cette quantification a eu un double effet :

– D'une part, elle a contraint la théorie de l'information à se cantonner aux aspects formels de la communication en négligeant tout ce qui pouvait concerner le

1. L'auteur a eu l'occasion de s'entretenir à plusieurs reprises avec Marcel-Paul Schützenberger, de l'Académie des sciences, malheureusement disparu peu de temps avant la publication de cet ouvrage. Marcel-Paul Schützenberger fut à plusieurs reprises professeur invité au Research Laboratory of Electronics du Massachusetts Institute of Technology dans les années 1950, et fut à ce titre l'un des Français ayant le mieux connu les protagonistes de cette page d'histoire. Toute cette partie historique lui doit beaucoup.

contenu des messages. Elle lui a donc interdit de s'appliquer à tous les cas où les problèmes de sens, de finesse, d'allusion, de valeur, de vérité, d'exclusivité, d'histoire, d'objectif, etc., sont en jeu. Cette interdiction a réduit sa portée – la liste des restrictions est fort longue –, mais a aussi évité qu'elle n'entre en concurrence directe avec les autres grandes théories de la communication, qui, elles, ne s'intéressent justement pour l'essentiel qu'aux problèmes de signification.

– D'autre part, elle a autorisé la théorie de l'information à proposer des solutions pratiques à des problèmes matériels et concrets, comme l'amélioration de la quantité de communications qu'il est possible de véhiculer sur une ligne téléphonique, ce qui l'a validée sur le plan technique autant que sur le plan fondamental. La théorie de l'information est alors devenue la seule théorie de référence qui permette d'analyser convenablement les problèmes formels de communication, et en particulier les problèmes de choix des symboles transmis, de leur fréquence d'apparition, de leur codage, etc.

La théorie de l'information repose sur une axiomatique très légère, dont quelques idées maîtresses suffisent à tracer le cadre. Pourtant et paradoxalement, il est difficile d'en faire le tour complet tant les utilisations et les interprétations dont elle a pu faire l'objet sont nombreuses et de nature variée, tantôt très quantifiées, tantôt verbales, verbeuses ou quasiment mystiques. Certains chercheurs sont partis sur ses traces à la recherche de significations profondes, leur objectif devenant d'intégrer la théorie de l'information dans une vision générale explicative du monde, que ce soit sur le plan psychique ou sur le plan physique.

L'audace de leurs hypothèses justifiera qu'on leur

accorde plus loin une (prudente) attention. Mais ce qu'il faut noter d'emblée, c'est que ce type de développement va bien au-delà des prétentions des pères fondateurs de la théorie, Weaver et surtout Shannon. Il est en effet bon de signaler, avant même d'en retracer la genèse, que la théorie de l'information est née non pas de la vision d'un savant qui aurait eu l'ambition de créer un modèle général de la communication, mais bien plus modestement d'un travail pratique d'ingénieurs qui cherchaient à améliorer la performance des outils physiques de transmission de l'information, et en particulier des lignes de télégraphe. Leur projet était sans aucun doute beaucoup plus limité qu'il peut paraître aujourd'hui et, s'il y a eu des extrapolations contestables, ce n'est donc certainement pas à eux qu'il faut le reprocher.

Mais pour avoir une vision précise de l'ensemble des aspects historiques de la théorie afin de pouvoir replacer le travail de Shannon dans son cadre exact, il est utile de commencer par une brève histoire de la communication, depuis l'origine de l'humanité et de l'écriture.

Les racines de la théorie

La théorie de l'information a pour sujet les limitations inhérentes à tout système de communication, quel que soit son degré d'élaboration ou d'abstraction. Les systèmes les plus rudimentaires, ceux qui sont apparus avec les premières espèces vivantes, étaient probablement essentiellement tactiles (agressions), sonores et visuels (menaces, parades amoureuses), mais des méthodes élémentaires de communication utilisant des décharges électriques ont également été utilisées par des espèces de poissons et d'anguilles très tôt dans l'histoire de l'évolution, en tout cas bien avant l'apparition – tardive – de l'homme. La communication sonore s'est pour sa part beaucoup développée chez l'espèce humaine, douée pour la parole, mais il n'est guère facile de connaître aujourd'hui les codes utilisés pour les premiers échanges vocaux. Grâce aux fouilles archéologiques, il est en revanche beaucoup plus facile d'étudier les premières formes de communication écrite : celles-ci mélangeaient à l'origine le dessin à des formes graphiques correspondant aux sons les plus fréquents, pour évoluer par la suite vers des alphabets composés uniquement de symboles abstraits représentant la totalité des sons élémentaires. Cette forme de simplification combinatoire, à l'origine motivée par la difficulté technique de la représentation et la lenteur conséquente quand il s'agissait de graver les messages sur le bois ou la pierre, a continué en même temps que se mettaient en place des moyens plus modernes de production de l'écriture, comme l'imprimerie à caractères mobiles, la dactylographie, la sténotypie, etc.

A partir du moment où sont apparues des formes abstraites et simplifiées de communication sont aussi apparues des formes primitives de codage et, subséquemment, des tentatives de décodage et une réflexion sur le phénomène de codification lui-même, sur ses conditions et sur ses performances. Jules César, par exemple, utilisait déjà un codage élémentaire qui consistait en un simple déplacement des lettres de l'alphabet : cela n'était bien entendu rendu possible que par l'existence d'un alphabet simple et ordonné, l'alphabet romain. On imagine que la même opération n'aurait pas été aussi facile avec un alphabet composé d'idéogrammes…

Par ailleurs, dès qu'on s'est intéressé à la transmission efficace de l'information à distance, on s'est trouvé confronté au problème non plus de la complication, mais au contraire de la simplification et de l'économie du codage. L'une des premières méthodes connues, utilisée en Grèce dès 300 avant J.-C., utilisait par exemple un arrangement des 25 lettres de l'alphabet en 5 colonnes et 5 lignes. Une telle organisation permettait de communiquer à distance les coordonnées des lettres d'un message en utilisant le nombre correspondant de torches enflammées. Bien plus tard, à la fin du XVIIIe siècle, un réseau de 220 sémaphores était en place, qui permettait la transmission de messages sur une distance de près de 2000 kilomètres au rythme d'un symbole alphabétique par minute.

Des systèmes binaires de transmission de l'information sont apparus à différentes époques et séparément en plusieurs points du globe : signaux de fumée des Indiens d'Amérique, battements de tam-tam en Afrique, alphabet Morse en Occident. De tels systèmes présentent un certain nombre de caractéristiques remarquables par rapport aux systèmes alphabétiques classiques : écart symbolique total avec la langue orale ; simplification maximale de l'alphabet utilisé (en dessous de deux symboles distincts, la communication est impossible) ; puissance combinatoire quasi optimale ; aptitude particulière au codage. Samuel Morse, créateur de l'alphabet qui porte son nom, utilisa bien avant l'apparition de la théorie de l'information un certain nombre de ses principes élémentaires, en particulier l'allocation aux symboles les plus fréquents de l'alphabet source (*e*, *t*, *a*, etc.) les symboles les plus courts de l'alphabet codé (« . », « – », « .– », etc.). Du simple fait de l'application, même imparfaite, de ces principes, le code ainsi défini était suffisamment efficace, et l'usage l'a effectivement consacré tant sur le plan économique que sur le plan pratique. La théorie moderne indique d'ailleurs que le morse permet d'atteindre une efficacité de 85 % du codage optimal, ce qui est une performance admirable pour un code créé en 1832.

Les réflexions ayant donné naissance à ce type de code ou de système de cryptage nécessitaient déjà l'étude des fréquences d'apparition de toutes les lettres de l'alphabet (des tables de fréquences sont apparues dès 1380), puis des combinaisons de plusieurs lettres entre elles (les plus anciennes tables de combinaisons de deux lettres, appelées « digrammes », datent du XVIIe siècle). Mais toutes ces recherches restaient encore quelque peu isolées et dépourvues de théorie unificatrice. Les choses allaient prendre un tour nouveau au début du XXe siècle, sous les impulsions presque simultanées d'une discipline en plein essor, la mathématique statistique, et de progrès techniques significatifs obtenus dans la technologie de la transmission des signaux.

L'approche statistique : l'information de Fisher

La première apparition de l'information en tant que quantité mesurable a lieu durant les années 1920 dans les travaux du célèbre chercheur anglais Ronald A. Fisher, père de la statistique mathématique. C'est une notion que Fisher introduit d'ailleurs assez discrètement dans son œuvre abondante, où elle est rendue peu apparente par la présence d'une grande variété de concepts et d'opérateurs nouveaux. Bien qu'utilisée antérieurement, elle n'apparaît en fait dans les publications du chercheur qu'à partir de 1934.

La démarche de Fisher est la suivante : si l'on s'intéresse aux caractéristiques d'une population nombreuse (voire infinie, c'est le cas limite auquel on est en permanence ramené), on ne peut ni connaître ni traiter les informations trop abondantes relatives à chacun des individus qui la composent. Le problème devient donc d'être capable de décrire correctement la population au moyen d'indicateurs de synthèse pouvant être fournis par des échantillons issus de la population à étudier. Plus les données chiffrées que l'on peut extraire d'un échantillon représentent correctement la population de référence et plus l'information contenue dans cet échantillon doit être considérée comme élevée.

Partant de cette hypothèse, Fisher définit techniquement l'information comme la valeur moyenne du carré de la dérivée du logarithme de la loi de probabilité étudiée. La célèbre inégalité de Cramer permet alors de montrer que la valeur d'une telle information est proportionnelle à la faible variabilité – c'est-à-dire au fort degré de certitude – des conclusions qu'elle permet de tirer. Cette idée, qui est à la racine de toute la théorie de l'estimation et de l'inférence statistique, est exactement celle que l'on retrouvera vingt ans plus tard chez Shannon, exprimée cette fois en des termes non plus statistiques mais probabilistes.

Cependant, à des milliers de kilomètres de là, se développe ce qui va constituer le véritable ferment de la théorie de l'information : les recherches de Nyquist et Hartley sur l'amélioration de la vitesse de transmission des signaux sur les lignes de télégraphe.

L'approche des ingénieurs : les travaux de Nyquist et Hartley

Nous sommes en 1922, donc exactement au moment où Fisher élabore ses propres théories, et le développement de l'industrie des télécommunications pousse à la recherche de meilleurs rendements sur les lignes et au financement des laboratoires de recherche dont vont sortir les premiers résultats significatifs.

Dans le débat technique qui oppose les partisans et les adversaires de la modulation de fréquence, les travaux d'un chercheur nommé Carson marquent une étape importante en montrant que, contrairement à l'idée reçue, l'émission à modulation de fréquence occupe nécessairement une bande passante aussi large que l'émission à modulation d'amplitude. A la suite de cette découverte, la recherche se focalise sur les problèmes de fréquence du signal et de bande passante utile, et, en 1924, Nyquist, ingénieur à la compagnie des téléphones et télégraphes Bell, publie un article dans lequel il montre qu'une bande passante minimale est nécessaire pour atteindre un niveau donné de transmission du signal, quelle que soit la technique utilisée. Or, pour les besoins de sa démonstration, Nyquist est conduit à redéfinir les termes du problème en montrant que pour la transmission du signal comme pour tout problème de transport, la contrainte majeure est celle de la quantité à transporter. Afin de pouvoir évaluer correctement la performance d'un moyen quelconque de communication, il convient donc de pouvoir mesurer cette quantité. Nyquist choisit alors comme quantité de base le nombre M de signes du système télégraphique considéré, ce nombre correspondant aux différentes modulations du signal pouvant être transmis, et il établit la formule liant la vitesse de transmission *W* à *M* de la façon suivante :

$$W = K. \log M$$

K étant une constante définie par certaines propriétés de la ligne de télégraphe. On peut remarquer au passage dans cette formule comme dans celle de Fisher la présence de l'opérateur logarithmique, que l'on retrouvera un peu plus tard chez Shannon et dont nous aurons l'occasion de justifier ultérieurement la présence dans la plupart des formules informationnelles.

Quatre années passent, puis Hartley, lui aussi ingénieur chez Bell, suggère que la transmission d'une quantité définie d'information nécessite un certain couple minimal bande passante/temps. C'est la première fois que le terme de quantité d'information apparaît dans une recherche relative aux télécommunications (Nyquist, lui, ne parlait encore que de l'« intelligence » d'un message ou de son nombre de signes). C'est donc Hartley qui propose la première formule faisant apparaître une mesure mathématique de la quantité d'information, définie comme étant égale à $n.\log s$, n désignant le nombre de signes du message et s le nombre de signes de l'alphabet utilisé. Le terrain est alors prêt pour l'élaboration d'une véritable théorie de l'information.

Pourtant, l'histoire des sciences n'étant pas linéaire, il faudra encore attendre vingt ans et une guerre mondiale pour que Shannon, lui aussi ingénieur à la compagnie Bell, publie l'article qui va véritablement donner le coup d'envoi de la théorie telle qu'on la connaît aujourd'hui. Nous sommes alors en 1948, et toutes les conditions sont enfin réunies pour qu'une théorie non seulement émerge, mais aussi soit mise en avant et portée à la connaissance du monde.

L'apport de Shannon

Claude Elwood Shannon est né en 1916 à Gaylord, dans le Michigan. Son parcours de chercheur croise une première fois celui de Norbert Wiener au Massachusetts Institute of Technology (MIT), où Shannon fait ses études avant guerre, pendant que Wiener y enseigne les mathématiques. Puis, en 1943, il entame une carrière d'ingénieur aux laboratoires Bell à New York, où sa mission l'amène à étudier les moyens d'améliorer le rendement des lignes de télégraphe. Il se trouve donc naturellement confronté aux problèmes qu'ont abordés avant lui Nyquist et Hartley.

En 1948, Shannon produit ce qui est aujourd'hui considéré comme l'ouvrage fondateur de sa théorie : il ne s'agit à l'origine que d'un article destiné à une publication technique interne à la compagnie Bell, mais cet article va rapidement faire le tour du monde, et Shannon va en reprendre l'essentiel dans un livre qu'il publiera quelques mois plus tard sous le double cautionnement d'un éditeur universitaire et d'un collègue chercheur ayant pressenti l'importance du travail de Shannon et s'y associant afin de mieux le promouvoir, Warren Weaver.

Sur le plan personnel, Shannon était un homme charmant, assez effacé, dont la faible érudition mathématique était compensée par une grande intuition du résultat jointe à une exceptionnelle puissance combinatoire.

Shannon avait reçu une formation d'ingénieur électricien (l'électronique n'existait pas encore) et, d'une certaine manière, on peut dire qu'il ressemblait à cette formation : c'était un résolveur de problèmes merveilleux, qui se trouvait plus à son aise face à des problèmes précisément définis, même complexes, que face à des considérations abstraites ou générales. De ce fait, Shannon n'a jamais fait partie du sérail des mathématiques. Il n'avait d'ailleurs certainement pas vocation à cela, n'ayant appris des mathématiques que ce qu'on apprend à l'occasion d'études de génie électrique. Ce handicap de formation ne l'a cependant pas empêché d'apporter à la communauté mathématique d'autres trouvailles que la théorie de l'information, notamment un résultat particulièrement intéressant sur la fabrication de systèmes de relais fiables à partir de systèmes de relais non fiables.

Une anecdote permet de cadrer assez bien le personnage : dans les années 1960, un groupe de chercheurs américains se piqua d'écrire une lettre ouverte au *New York Times* pour critiquer la mauvaise organisation des sources bibliographiques disponibles aux États-Unis. A cause de ce problème d'organisation, ils se plaignaient d'avoir longtemps peiné à résoudre un certain problème technique dont ils avaient fini par apprendre qu'il avait été résolu par un chercheur soviétique quatre années auparavant. D'après les chercheurs en question, un système de recherche bibliographique plus fiable les orientant directement sur les travaux appropriés aurait permis de faire gagner trois années à l'industrie américaine sur ce problème précis. Aussitôt la lettre ouverte publiée, l'opinion s'enflamma et l'affaire remonta au Sénat, où elle provoqua une polémique à propos des crédits de recherche et de leur effet sur le développement industriel. Jusqu'au moment où l'on se rendit compte que le résultat en question était en fait disponible dans certaines bibliothèques américaines car il figurait... dans certains exemplaires des annexes de la thèse de Shannon publiée avant guerre ! Cette thèse, dont l'objet central portait sur la possibilité de simuler des fonctions booléennes au moyen de certains types de circuits électriques, contenait donc la solution au problème qui avait agité la communauté scientifique... Voilà qui résume assez bien le personnage de Shannon : en toute discrétion, et comme en marge de son travail, il résout un problème difficile et précis pendant qu'autour de lui on commente et on dispute les résultats qu'il a établis.

Shannon était un homme d'une grande modestie et d'une grande intégrité scientifique. Dans son papier initial, il ne manque pas de se référer aux travaux de Nyquist et Hartley, très explicitement et dès le début de l'article, bien qu'il signale que son ambition est d'intégrer à leur réflexion les phénomènes de bruit et de tenir compte dans ses calculs de la nature statistique des codes utilisés. Il est admirable de noter que dans ce qui n'est qu'une production de recherche d'ambition modeste, publiée dans une revue interne d'importance secondaire, Shannon prend en outre toutes les précautions épistémologiques nécessaires pour éviter les mauvaises interprétations possibles. En particulier, il insiste clairement sur le fait que sa théorie n'a en aucun cas vocation à traiter des problèmes sémantiques, comme s'il anticipait les déviations dont elle sera plus tard la victime. Il aurait certainement été excusable, dans un cas comme celui-ci, d'être moins précis sur les travaux antérieurs ou moins prudent en ce qui concerne les risques d'interprétation, mais sur ces deux points son article est irréprochable.

Par ailleurs, une fois que sa théorie est lancée, Shannon est inévitablement mis en avant et se retrouve au milieu d'un débat qui secoue la communauté scientifique tout entière. Weaver l'entraîne à ses côtés aux conférences Macy's, qui marquent le début des sciences cognitives, et le MIT crée spécialement pour lui une chaire de théorie de l'information dans le département de génie électrique, chaire qu'il occupera pendant plusieurs décennies. Mais alors qu'il devient une sommité, Shannon garde une certaine fraîcheur d'âme, continuant de s'intéresser à des problèmes apparemment futiles comme l'élaboration d'un système de treuillage de son canot de ski nautique ou la pratique du monocycle dans son bureau. Au bout d'un certain temps, il se désintéresse d'ailleurs à peu près totalement de la théorie de l'information, probablement devenue trop fortement mathématisée et insuffisamment pratique à son goût, pour se consacrer à ce qui est son génie : inventer et résoudre des problèmes combinatoires intéressants et difficiles.

En outre, Shannon n'a jamais créé d'Église ou cherché à s'entourer d'une cour de fidèles. Une fois son travail accompli, il a quitté la scène et laissé le débat à ceux qui voulaient bien s'en emparer. Apparemment, il ne s'est jamais bercé d'illusions sur la portée de ses recherches. Il savait ce qu'il avait fait et il savait ce qui, dans ce qu'il avait fait, était bon. Il espérait sans doute que cela aurait davantage d'applications pratiques que cela n'en a eu, et il n'a pas pris part à la querelle terminologique à propos de sa théorie, alors qu'il avait tous les éléments pour le faire (on lui a reproché l'utilisation du terme « information », alors même qu'il avait en fait préféré le terme « communication » pour l'intitulé de ses deux ouvrages clés et que ce sont d'autres que lui qui ont rebaptisé son travail « théorie de l'information »). En bon théoricien de l'information, devant le tumulte du débat, il a eu la sagesse de ne pas se laisser tenter par la publicité scientifique gratuite qu'il pouvait sans nul doute obtenir en intervenant dans la dispute et de garder la distance critique qui convient à un véritable scientifique.

Le MIT, plaque tournante du développement des sciences de l'information

Quelles que soient les qualités du personnage, l'histoire de Shannon est en fait profondément liée à celle du MIT, dont il fut étudiant avant d'en devenir l'un des plus fameux professeurs. En raison de la nature même de ses travaux, il se trouvait en effet inévitablement inséré dans un mouvement scientifique et social qui le dépassait, celui de la naissance de l'informatique et des sciences cognitives, et dont la bonne compréhension suppose une description des principaux acteurs et de leur état d'esprit.

L'un des personnages incontournables de cette histoire est Norbert Wiener, dont la personnalité complexe rend difficile l'établissement d'un portrait impartial. Ses prises de position en faveur de la paix sont ainsi devenues aussi célèbres que ses idées scientifiques, bien qu'elles puissent en fait être justifiées tout aussi bien par sa brouille avec le Pentagone pour d'obscures raisons d'essais de canons ratés que par des raisons morales ou politiques. Quoi qu'il en soit, la simple préoccupation autobiographique de Wiener, particulièrement forte à la fin de sa carrière, montre assez à quel point lui-même considérait son histoire personnelle comme indissociable de celle des sciences de l'information, elle-même tout aussi liée à celle des États-Unis à la fin de la guerre.

Wiener, professeur au MIT à partir de 1919, a été un savant considérable – on lui doit notamment d'importants éléments sur la théorie du mouvement brownien –, qui a joué un rôle important dans l'essor de la théorie de l'information. Bien que mathématicien de formation, il aimait beaucoup tester ses idées, et ce goût de la mise en pratique l'avait rapproché de l'armée et du département de génie électrique du MIT. Il n'est dès lors pas étonnant qu'il y ait eu une sorte de référence croisée de Shannon à Wiener : Wiener cite en effet les travaux de Shannon dans son fameux *Cybernetics*, et Shannon rend un hommage appuyé à Wiener dans *The Mathematical Theory of Communication*. On peut en effet lire dans le célèbre ouvrage le passage suivant : « La théorie de la communication doit beaucoup à Wiener qui a largement contribué à l'élaboration de ses bases philosophiques et théoriques. Son rapport classique *The Interpolation, Extrapolation and Smoothing of Stationary Time Series* contient la première véritable formulation de la théorie de la communication en termes statistiques avec l'étude des opérations sur les séries temporelles. Ce travail, bien que relevant principalement des problèmes de prévision linéaire et de filtrage, constitue une référence importante pour le présent travail. Nous pouvons également citer ici l'ouvrage

Cybernetics de Wiener qui traite des problèmes généraux de communication et de commande. »

Wiener s'est dans son travail essentiellement intéressé aux caractéristiques des séries temporelles : relevés de température, évolution des cours de la Bourse, succession de signaux sur une ligne de téléphone, etc. Dans *Cybernetics*, il développe l'application à certaines séries à évolution rapide (dont l'exemple le plus important est justement donné par les signaux téléphoniques) des méthodes statistiques jusqu'alors réservées aux séries à évolution lente. Cette application le conduit à considérer les séries les plus simples, les séries binaires de 0 et de 1, à la fois comme porteuses d'une certaine quantité d'information et comme devant faire l'objet d'une certaine quantité de décisions pour leur détermination précise. Il s'intéresse alors aux rapports qui existent entre cette quantité de décisions et la quantité correspondante d'information, et dans une bonne partie de son travail ces notions d'information et de décision, mais aussi celle de mesure, sont intimement liées. L'expression mathématique de leur liaison permet d'ailleurs à Wiener d'aboutir à une formulation très proche de celle de Shannon. Distinguant connaissance *a priori* et connaissance *a posteriori* d'une série donnée, il définit en effet la quantité d'information correspondante comme étant égale à :

$$-\,log_2\,(connaissance\ \text{a posteriori}\,/\,connaissance\ \text{a priori})$$

Or, cette définition est exactement celle que Shannon donne de la quantité d'information si l'on remplace le rapport utilisé par son expression probabiliste.

Wiener étend ensuite son raisonnement au cas plus général d'une distribution continue de probabilités, en reprenant une formulation qu'il attribue à John von Neumann et dont l'expression est :

$$\int f(x).\, log_2 f(x)dx$$

Cette fois, c'est la formule de l'entropie de Shannon qu'on retrouve, au signe près.

La proximité entre les approches des deux chercheurs est donc patente, sans qu'on puisse toutefois très bien savoir lequel a davantage inspiré l'autre, et sans qu'il soit possible de négliger la contribution pourtant moins apparente de von Neumann.

Mais le problème de fond n'est pas là. Pour bien comprendre pourquoi la théorie de l'information est née à ce moment et à cet endroit précis, il est plus instructif, au-delà de son attribution à un chercheur ou à un autre, de prendre en considération l'environnement technologique et social du moment.

Il faut notamment avoir présent à l'esprit le fait que si une histoire des sciences simplifiée pourrait faire apparaître les ordinateurs comme postérieurs à la conceptualisation née de la théorie de l'information et de la cybernétique, la réalité est toute différente. En 1940, il existe en effet déjà des calculateurs mécaniques très perfectionnés (machines de bureau à roues dentées tournées à la manivelle ou équipées de petits moteurs électriques qui font automatiquement des multiplications, voire des extractions de racines carrées), et il y a tout autant d'ingéniosité logique dans ces rouages que dans les circuits logiques des ordinateurs qui viendront ensuite. Certains systèmes automatiques à base de relais organisés en circuits logiques existent également et, au milieu des années 1940, les premières machines d'IBM fonctionnent déjà avec des cartes perforées :

lecture de lignes dans certaines colonnes, écriture de résultats par perforation dans d'autres colonnes, et cela avant même que l'ouvrage de Shannon ou celui de Wiener ne soient parus. Cette avance de l'état technologique sur la formalisation théorique pourrait conduire à un renversement de perspective et laisser penser que les premiers cybernéticiens, plus que des précurseurs ou des inventeurs, ont davantage été les accompagnateurs d'un progrès technique déjà présent indépendamment d'eux.

En même temps, l'histoire de la théorie de l'information doit prendre en compte le prestige considérable qui était alors celui de la recherche en génie électrique. Les ordinateurs étaient en effet encore à cette époque fabriqués dans ces immenses départements d'*electrical engineering* qui avaient parallèlement développé le radar, la théorie du contrôle et la télévision. Il faut se représenter ces départements de recherche comme les véritables phares de la science des années 1940 et 1950, statut qui sera vingt ou trente ans plus tard celui de la biologie moléculaire.

A ce moment, l'algèbre de Boole, elle, n'est pas encore prise en compte par les mathématiciens, et la logique mathématique en tant que discipline scientifique est tout à fait étrangère au développement des premiers ordinateurs. Il n'y a aucun lien entre les chercheurs du MIT et Alan Turing, qui est pourtant rétrospectivement considéré comme l'un des principaux créateurs de l'ordinateur moderne : à la toute première époque des ordinateurs, la grande référence aurait plutôt été von Neumann, lui-même lié à Goldstein, à cette période directeur du département de mathématiques de la compagnie IBM.

Les logiciens, eux, s'intéressent plutôt à la théorie des fonctions récursives, qui remonte notamment à Alonzo Church et Andreï Markov, et ils n'ont pas encore pris conscience des enjeux de l'informatique. En caricaturant, on pourrait dire qu'en 1950 il n'y a pas de leur part plus d'intérêt pour l'ordinateur que pour le radar ou la télévision. Les choses n'évolueront dans le sens d'un rapprochement que lorsque certains chercheurs importants, Marvin Minsky au premier chef, prendront place – là encore au MIT – à l'interface des deux disciplines. La période « cybernétique » aura duré jusqu'au milieu des années 1960, époque à laquelle les départements de génie électrique et certains de leurs principaux acteurs, comme von Neumann, perdront progressivement de leur prestige, notamment du fait de leur participation indirecte à l'effort de guerre par la mise au point de la bombe atomique, participation contestée par la montée du courant écologiste et pacifiste.

Comme on le voit, la théorie de l'information se trouve en définitive plongée tout entière dans l'histoire complexe et passionnante de la naissance des ordinateurs et du courant cybernétique. Cette histoire n'est d'ailleurs pas la même selon qu'on la contemple des États-Unis d'Amérique, où la cybernétique compte peu, ou du point de vue européen, où elle passe pour une œuvre considérable. Se superpose de plus à elle toute une série de phénomènes qui la rendent difficile à déchiffrer, et en particulier les aspects hagiographiques de la question : indiscutablement, la dimension personnelle a beaucoup compté dans l'écriture de cette page d'histoire, et certains des drames humains qui se sont noués à ce moment jouent certainement encore un rôle dans le récit qu'on peut en faire aujourd'hui.

Parmi les personnages du MIT ayant joué un rôle important dans le développement initial de la théorie de l'information et de la cybernétique, on pourrait encore citer David Slepian (créateur de la florissante théorie des codes correcteurs d'erreurs, dont l'une des figures marquantes est actuellement Paul Camion), Peter Elias, David Huffman et Warren McCullough, entre autres, la plupart faisant d'ailleurs partie de la même constellation, celle du Research Laboratory of Electronics, situé dans le building 20 de l'institut, établissement mythique initialement fondé par Jerry Wiesner, devenu ensuite le premier conseiller scientifique d'un président des États-Unis, John F. Kennedy.

Mais par rapport à Shannon ou Wiener, la contribution de ces chercheurs reste tout de même marginale et, de toute façon, c'est bientôt un ensemble beaucoup plus large qui va participer plus ou moins activement à l'émergence du débat qui agitera la communauté scientifique tout entière.

Un débat scientifique animé et ouvert

Pour restituer une image fidèle de la vérité et ne pas faire apparaître Shannon comme un fauteur de troubles qui rechercherait systématiquement la dispute, il convient de rappeler une fois encore que l'article fondateur de la théorie de l'information n'est rien d'autre qu'un travail interne aux laboratoires Bell. On peut d'ailleurs plutôt penser que c'est Weaver qui, pressentant avant tout autre l'importance et l'actualité des concepts qui y sont évoqués, conduit Shannon à éditer cet article sous la forme d'un ouvrage auquel il apporte au passage sa contribution. A ce moment, Shannon accepte d'ailleurs probablement l'idée de cette publication davantage à cause de l'impulsion de Weaver que pour se mettre lui-même en avant. Pourtant, ce premier mouvement est celui qui va à la fois déclencher le phénomène de mode et provoquer la controverse scientifique qui en est l'inévitable corollaire.

Le débat houleux qui prend naissance quelque temps après la publication des travaux de Shannon donne lieu à un florilège de petites phrases et d'échanges de répliques cinglantes. L'un des premiers motifs de polémique tient surtout à l'utilisation d'une terminologie jugée inadéquate bien que séduisante : « information », « bruit », « entropie », « cybernétique »… Le terme « information », en particulier, se retrouve rapidement au centre de toutes les critiques.

Certains chercheurs travaillent pourtant à la suite de Shannon sur les aspects mathématiques de la question, cherchant à mettre en place une théorie unifiée de l'information. Leurs recherches s'appuient en général sur la comparaison des approches de Fisher, de Wiener et de Shannon pour tenter de faire apparaître les liens qui les unissent et leur trouver des généralisations communes. Certaines notions sont ainsi exposées qui donnent naissance à des définitions de l'information moins restrictives, mais en contrepartie plus fortement mathématisées et dépourvues de la force pure de celle de Shannon. Il n'empêche que, du point de vue de l'usage, et bien qu'une statistique en la matière soit difficilement concevable du fait même de la variété de ses champs d'application, c'est bien l'information au sens de Shannon qui reste la plus employée et qui, par sa simplicité et son universalité, devient vite l'outil de référence de nombreux chercheurs d'horizons divers.

Cette hégémonie suscite rapidement des mouvements d'humeur de la part de certains puristes qui pensent que la théorie de l'information est galvaudée, exagérément récupérée et finalement sortie de sa zone naturelle d'application.

Au fond de ce débat, il y a avant toute chose une querelle de vocabulaire. Et il est vrai que le fait de parler d'une « quantité d'information » (le terme vulgarisé) à propos de ce qui n'est rien d'autre que le « logarithme du maximum de vraisemblance d'une distribution multinomiale » (le terme mathématique correspondant) peut avoir un côté agaçant, en ce qu'une notion mathématiquement banale et connue de longue date se trouve subitement comme redécouverte au seul motif qu'elle change de nom.

D'une certaine façon, le terme « entropie » est tout aussi sujet à caution car il amène inévitablement à des rapprochements avec la physique que certains jugent déplacés. Avec quelle vigilance Shannon a-t-il d'ailleurs initialement choisi ce terme d'« entropie », il est maintenant difficile de le savoir. Mais comme il était impossible au moment de ce choix d'anticiper l'ampleur du débat qui allait suivre, on peut imaginer que Shannon a opté pour ce terme en toute innocence, inspiré simplement par l'analogie de surface avec la formule de l'« entropie thermodynamique ». D'ailleurs, d'une certaine façon, ce n'est pas vraiment Shannon, mais bien plutôt Weaver qui, conformément à sa qualité d'entrepreneur de science, lance véritablement la polémique en 1948 en écrivant au début de leur ouvrage commun : « La quantité précisément nécessaire pour établir l'information correspond exactement à la notion thermodynamique d'entropie. » Or, l'adverbe « exactement » possède ce caractère affirmatif qui provoque inévitablement la discussion.

A partir de là, la communauté scientifique va se diviser, et les enthousiastes (W. Weaver, L. Brillouin, E. Jaynes, M. Tribus, E. Schoffeniels, T. Stonier) vont prêter à l'équivalence des formules de l'entropie une signification profonde, certains allant jusqu'à faire de la thermodynamique un sous-produit de la théorie de l'information, pendant que les critiques (L. Cronbach, H. Quastler, B. Mandelbrot, A. Lwoff, D. McKay, C. Waddington, R. Thom, et la liste n'est pas exhaustive) contestent la plupart de leurs interprétations, qu'ils jugent abusives.

On trouve dans un livre de Pierre-Jean Lancry une véritable collection de petites phrases qui illustrent bien avec quelle passion les uns et les autres ont pu prendre position[2]. Dès 1948, des articles paraissent en France sur le sujet, y compris dans des publications destinées au grand public, comme c'est le cas dans *Le Monde* du 28 décembre, qui décrit la cybernétique comme la science qui permettra le « dépassement du système nerveux », la « manipulation mécanique des réactions humaines », etc. Ici, la vision naïve d'un avenir mécaniste et robotisé ne laisse pas encore apparaître de prise de position idéologique, mais un peu plus tard, et dans le cercle plus fermé des colloques et publications scientifiques, le débat va se porter sur l'utilisation jugée trop fréquente du mot « information ». Dans un colloque organisé en 1964 à Royaumont sur le concept d'infor-

2. Pierre-Jean Lancry, *Théorie de l'information et Économie*, Paris, Economica, 1982.

mation dans la science contemporaine, A. Lwoff déclare ainsi : « Ce que j'ai entendu m'a beaucoup instruit, mais ce que je ne comprends pas, c'est le sens du mot "information". » McKay prend alors la défense de Shannon en rappelant que celui-ci n'a en rien cherché à s'approprier le mot en question : « Shannon n'a jamais défini un concept d'information ; il a nié explicitement que ce concept était information. Ce serait beaucoup plus clair, je crois, si nous appelions la mesure de Shannon "imprévisibilité" plutôt qu'"information". » Et Mandelbrot pose la question centrale, qui restera évidemment sans réponse : « C'est trop tard, je crois, pour changer de terminologie. On peut d'ailleurs se demander si la théorie de l'information aurait joué le grand rôle qui a été le sien si elle avait un autre nom moins alléchant. »

Un peu plus tard, Thom rangera la théorie de l'information dans la catégorie des grandes modes scientifiques creuses en déclarant : « En théorie des systèmes, en théorie de l'information et peut-être également en morphogenèse biologique, nous en sommes à peu près au même point. On crée des théories, on se sert de théories, on se leurre de mots parce que précisément on ne veut pas prendre conscience de l'abîme d'ignorance devant lequel on se trouve et on jongle avec des mots dans l'espoir de dissiper cette ignorance [3]. »

Cependant, ces attaques parfois vives menées contre la théorie de l'information ne portent jamais atteinte à la personne de Shannon et nul ne cherche à mettre en doute son intégrité, sa rigueur ou sa modestie scientifiques. Le fait même que la théorie de l'information ait

3. René Thom, *La Théorie des catastrophes et ses applications. Actes du colloque de juin 1975*, Paris, Systéma, 1975, p. 10.

rapidement échappé à son créateur à partir du moment où elle a été exagérément utilisée n'est contesté par personne. Abraham Moles écrit d'ailleurs fort justement à ce sujet : « Si l'on mesure le mérite d'un père fondateur à la somme des erreurs et des trahisons qu'on fait subir à sa pensée, il n'est pas douteux que Shannon soit le père fondateur de la science des communications. »

Non seulement Shannon ne peut en rien être tenu pour responsable de tous les emplois qui ont été faits de sa théorie, mais il a même eu la lucidité de condamner publiquement les travers de ce phénomène. Dans un article publié en 1956 dans une importante revue scientifique de l'époque, il écrit en effet :

« La théorie de l'information est devenue ces dernières années une sorte de bannière scientifique derrière laquelle tout le monde se rassemble. Au départ instrument technique destiné à l'ingénieur en télécommunications, elle a reçu une extraordinaire publicité tant dans la littérature scientifique qu'auprès du grand public. Cela est en partie lié aux relations qu'elle entretient avec d'autres domaines à la mode comme les machines à calculer, la cybernétique, l'automatique. Le reste tient à la nouveauté du sujet. En conséquence, il est probable qu'on lui a accordé trop d'importance par rapport à l'ampleur de ses applications effectives.

« Nos collègues scientifiques de disciplines variées, attirés par le bruit et les nouvelles voies proposées pour l'analyse scientifique, utilisent ces idées pour résoudre les problèmes qui se posent à eux dans leurs propres champs de recherche. On les a par exemple appliquées à la biologie, à la psychologie, à la linguistique, à la physique fondamentale, à l'économie, à la théorie des organisations et dans beaucoup d'autres domaines. En somme, la théorie de l'information bénéficie d'un large courant de popularité à tous les niveaux.

« Bien qu'un tel phénomène soit bien sûr agréable et flatteur pour ceux d'entre nous qui travaillent dans cette voie, il présente un risque certain : alors que nous pensons que la théorie de l'information est un instrument valable éclairant la nature des problèmes de communication sur un plan fondamental, et que de ce fait elle devrait continuer de se développer, elle n'est certainement pas la panacée pour l'ingénieur des télécommunications, ni certainement pour aucun autre.

« On ne peut percer que quelques secrets de la nature différents à la fois, et il se pourrait bien que notre célébrité un peu artificielle s'efface fort rapidement une fois qu'on aura pris conscience du fait que les mots “information”, “entropie” ou “redondance” ne suffisent pas à résoudre tous nos problèmes. »

« La théorie de l'information est survendue [*oversold*] », dit encore Shannon, qui semble regretter au passage qu'on parle trop de cette théorie pour n'en faire au bout du compte qu'une utilisation superficielle.

Ce qu'il est intéressant de remarquer, c'est que ces déclarations critiques de Shannon sont faites sans ostentation. Il ne s'agit pas de la part d'un chercheur acariâtre d'un délire moralisateur, mais d'un simple propos de bon sens venant de quelqu'un d'honnête qui, en un certain sens, sait ce qu'il vaut, et aussi ce qu'il ne vaut pas. Que Shannon n'ait pas eu pour sa théorie une ambition de mode ou de généralisation ne doit d'ailleurs pas amener à conclure qu'il n'avait pas pour elle d'ambition du tout : il avait tout au contraire l'intuition ou l'espoir que la théorie de l'information pourrait déboucher sur de nombreuses applications, notamment en biologie (ce mot étant entendu au sens large, c'est-à-dire incluant la psychologie). Shannon espérait en effet qu'il serait possible de trouver dans le système nerveux des phénomènes mesurables qui permettraient d'utiliser les opérateurs mis au point. Mais ayant probablement jugé au bout de quelques années que les résultats obtenus n'étaient pas suffisamment intéressants ou appropriés, il a choisi de s'écarter de la compétition scientifique et préféré concentrer son attention sur la pratique du monocycle.

Une opposition qui porte sur des thèmes fondamentaux

L'aspect formel de la dispute entre chercheurs, ainsi que les échanges de petites phrases qu'elle entraîne pourraient laisser croire que le débat sur la théorie de l'information n'a qu'un intérêt de surface. Il n'en est rien. Si ce débat est tellement intense, c'est justement en partie parce qu'il porte sur des problèmes épistémologiques – et plus généralement philosophiques – fondamentaux : le problème du temps et de sa réversibilité, de la téléologie, du déterminisme et en définitive de la liberté. Quand Ilya Prigogine, Henri Atlan, Edgar Morin et René Thom s'opposent pour distinguer ce qui est prévisible et ce qui ne l'est pas, le concept d'entropie n'est jamais bien loin.

Prenons l'exemple du temps. L'entropie est un concept qui lui est très lié. S'il est vrai que l'entropie physique tend vers un maximum, alors le temps est une réalité absolue et l'univers tend vers l'homogénéité généralisée. Cette seconde loi de la thermodynamique, celle de la variation de l'entropie, est d'ailleurs qualifiée par Henri Bergson de « la plus métaphysique des lois de la physique en ce qu'elle nous montre du doigt, sans symboles interposés, sans artifices de mesure, la direction où marche le monde [4] ».

Dès lors, la mise en évidence d'un lien d'équivalence entre énergie et information devient un problème d'une importance épistémologique majeure.

Le physicien anglais Tom Stonier campe sur ce sujet l'une des positions les plus radicales qui soient en considérant l'information comme l'une des composantes principales du monde physique, au même titre que la matière ou l'énergie. Oubliée selon lui jusqu'à présent du fait de sa trop grande évidence mais présente, par exemple sous forme de constante, dans beaucoup de formules déjà connues, l'information, considérée comme une propriété intrinsèque du monde, est dans ses travaux clairement distinguée du concept de signification, d'une autre nature. Selon lui, l'organisation de l'univers est le produit de l'interaction entre l'information et la matière ou l'énergie, et il établit une relation de conversion directe entre l'énergie et l'information en remplaçant la constante de Boltzmann par sa valeur numérique. Stonier va jusqu'à suggérer l'existence de l'information sous forme de particules, qu'il baptise « infons » et dont il examine les éventuelles propriétés physiques (un cas particulier d'infon serait l'absence d'électron dans un atome).

Ce genre d'utilisation de la théorie de l'information à des fins de refondation complète d'une discipline scientifique s'est produit à l'identique en biologie molécu-

4. Henri Bergson, *L'Évolution créatrice*, Paris, Alcan, 1907.

laire. Il était en effet bien tentant de considérer le code génétique comme le support d'un message (ne dit-on pas « ARN messager » ?), donc comme un objet dont la nature informationnelle profonde devait être étudiée en tant que telle. Ernest Schoffeniels a dans cette perspective entrepris une œuvre d'intégration de la thermodynamique moderne, des recherches sur les structures dissipatives et de la théorie de l'information dans un modèle commun régi par une loi universelle de la variation de l'entropie. Bien sûr, dans un tel modèle, le problème du sens doit être abandonné. Le code génétique n'est pas une langue au sens où il n'a pas de signification, comme le rappelle Jacques Monod. Mais, comme dans le cas de Stonier, il n'y a là aucune limite de principe à l'emploi de la théorie de l'information puisque celle-ci se définit d'emblée comme inapte à traiter de ce genre de problèmes.

Plus gênantes sont les utilisations de la théorie de l'information comme simple instrument de mesure dans des circonstances où on pourrait tout aussi bien substituer au calcul de l'entropie n'importe quelle fonction analogue (c'est-à-dire grossièrement convexe). Le trouble ne vient d'ailleurs pas du fait que l'entropie serait en elle-même un bon ou un mauvais indicateur, mais de ce qu'on emploie dans ce cas la théorie de l'information davantage pour son caractère de mode que pour son utilité scientifique réelle. Dans ce type de situations, par exemple en anthropologie, en géographie ou en écologie, on emploie d'ailleurs en général les mots popularisés par la théorie davantage que ses théorèmes, ce qui a le don d'irriter les mathématiciens « gardiens » de sa vocation d'origine.

Parmi ceux-là, George Miller, professeur de psychologie à Harvard, écrivait dès 1952 avec une exceptionnelle justesse et une rare prescience : « Quand la mécanique newtonienne était florissante, on a pu soutenir que les animaux étaient des sortes de machines, comparables à des horloges bien que plus compliquées. Plus tard, pendant le développement de la thermodynamique, on a dit que les animaux n'étaient que des moteurs calorifiques particulièrement évolués. Avec le développement de la théorie de l'information, nous pouvons nous attendre à entendre dire que les animaux ne sont en fait que des systèmes de communication[5]. » On ne saurait être plus clairvoyant…

Il est d'ailleurs intéressant de constater à cette occasion que la théorie de l'information a en fait parfaitement épousé l'histoire moderne des sciences : née dans l'univers du génie électrique, dont nous avons déjà souligné le prestige dans les années 1940 et 1950, elle s'est déplacée en même temps que l'intérêt du public vers la biologie moléculaire dans les décennies qui ont suivi, au point d'être largement citée dans le célèbre ouvrage de Jacques Monod, *Le Hasard et la Nécessité*. Dans les années 1990, une recherche sur le fichier national des thèses françaises, toutes disciplines confondues, montre d'ailleurs que le terme clé « théorie de l'information » renvoie principalement à des thèses de biologie, ce qui confirme cette hypothèse d'un véritable « cycle de vie » de la théorie de Shannon.

Dans l'histoire de la théorie de l'information et des polémiques qu'elle a pu susciter, il conviendrait enfin de citer un élément d'une autre nature, en général oublié

5. George A. Miller, « What is Information Measurement ? », *The American Psychologist*, 1953, n° 8, p. 4.

parce qu'un peu périphérique : le problème du fondement des probabilités. La théorie de l'information ne pouvant en effet en toute rigueur être appliquée que dans des univers probabilisés, elle pose indirectement le problème de la distinction entre ce qui est probabilisable et ce qui ne l'est pas. Or, cette question apparemment évidente débouche sur l'une des controverses les plus intenses qui soient dans le monde scientifique, et qui oppose l'école des fréquentistes à celle des subjectivistes.

On pourrait très succinctement résumer le débat de la façon suivante : pour les fréquentistes, seules ont un sens les probabilités calculées *a posteriori* sur la base de la répétition d'un grand nombre d'événements identiques ; pour les subjectivistes, au contraire, la notion de probabilité *a priori*, évaluable en fonction d'un sentiment individuel d'incertitude, peut avoir un sens. Or, cette différence d'appréciation a des répercussions importantes en théorie de l'information en ce qui concerne le traitement possible des événements rares. Prenons un exemple concret : cela a-t-il un sens de calculer l'entropie d'une élection présidentielle au suffrage universel ? Et, si oui, sur quelle base de probabilités (sondages, évaluations subjectives, cote chez les bookmakers) ?

Voilà bien le genre de questions qui prêtent à discussion et qui, au fond, posent le problème épistémologique majeur des limites de la science et de son cloisonnement. Est-il légitime d'utiliser ailleurs que dans leur domaine spécifique de référence (dans l'ordre) des mots, des concepts ou des opérateurs qui ont fait la preuve de leur utilité dans une discipline scientifique donnée ? Le problème se pose pour le mot « probabilité » et son calcul de la même manière qu'il se pose pour le mot « information » et son calcul. Et, dès lors, il n'est pas étonnant que la théorie de Shannon, qui utilise les deux dans une formule commune, ait pu déclencher une telle quantité de critiques et de discussions.

Les aspects épistémologiques du problème

Au sein de la communauté mathématique proprement dite pourtant, à partir du moment où l'expression « théorie de l'information » a été lâchée, la recherche pure sur le sujet n'a pas duré plus de cinq ou six ans. Ensuite, seuls quelques chercheurs isolés ont continué à s'intéresser à ce thème, comme F. Resa, le grand statisticien J. Wolfowitz (auteur du plus important ouvrage de référence sur le sujet), P. Elias, au MIT ou A. Khinchin, qui a sans doute attiré sur cette théorie l'attention d'A. Kolmogorov, qui utilisa plus tard l'entropie comme concept de base pour la classification des systèmes dynamiques. Mais si l'on excepte ces efforts particuliers, le théorème de Shannon reste aujourd'hui une curiosité mathématique dans un paysage pauvre en travaux complémentaires d'un statut comparable, un peu comme un massif montagneux au milieu d'une grande plaine. La démonstration de ce théorème, dont maintes versions d'une rigueur pas toujours irréprochable ont été publiées, a d'ailleurs été à la source de plusieurs controverses.

La majorité des mathématiciens jugeraient probablement, bien que cela n'ait fait l'objet d'aucune convention écrite, que l'on ne se sert véritablement de la théorie de l'information qu'à partir du moment où l'on utilise le théorème de Shannon, qui porte sur les codes optimaux utilisables dans un canal bruyant (nous détaillerons plus loin son contenu).

Tant que l'on en reste aux notions élémentaires de quantité d'information ou d'entropie, ils estimeraient certainement que l'on n'utilise au fond que l'opérateur logarithmique, ainsi que le calcul du maximum de vraisemblance, qui est une notion usuelle dont les statisticiens font un usage considérable. Dans ces conditions, il conviendrait de dire que la plupart des physiciens (comme Léon Brillouin) ou des biologistes (comme Jacques Monod) qui se sont intéressés à la théorie de l'information ont davantage utilisé ses concepts que ses théorèmes.

A partir de là, l'emploi de formules peut lui-même être qualifié de simple effet de rhétorique. Parler de l'entropie devient comparable à la description d'une ville par un romancier : très souvent cette ville peut aussi bien ne pas exister, ou exister dans un ailleurs imaginaire, mais sa description romanesque ne correspond à aucune indication géographique. Qu'un écrivain parle de Trondheim en pensant que c'est en Suède plutôt qu'en Norvège n'a aucune influence sur la qualité de son récit. Aussi longtemps qu'on décrit quelque chose sur le mode verbal, la mesure mathématique qu'on peut avoir à l'esprit n'a pas une grande importance : la plupart des gens connaissent quelques éléments de base de la mécanique quantique ou de la théorie de la relativité, et cela les aide dans la conceptualisation des problèmes scientifiques, ce qui est une bonne chose, mais très peu d'entre eux connaissent les formules spécifiques définies par Planck ou Einstein et, s'ils les connaissaient, cela ne modifierait probablement pas leur conception des choses en profondeur.

Dans le domaine spécifique de la théorie de l'information, on pourrait formuler le problème de la façon suivante : tout le monde sent naturellement qu'un système bien organisé a quelque chose de prévisible ; on connaît par avance tout ce qui risque de s'y passer et, quand des phénomènes y apparaissent, on n'apprend pas grand-chose qu'on n'ait su auparavant, autrement dit ces phénomènes sont peu porteurs d'information. Il est donc naturel de concevoir que les notions d'organisation, de prévisibilité et d'information ont quelque chose à voir ensemble. Mais l'affaire se complique quand il s'agit de quantifier les choses.

Ce qui caractérise la scientificité d'un énoncé, plus encore que sa réfutabilité au sens de Popper, c'est son lien quantifié avec le monde physique. Le fait de dire que les corps s'attirent entre eux, par exemple, n'appartient pas au registre de la science. Pour produire un énoncé scientifique correct, comme l'a fait Newton, il faudrait dire qu'ils s'attirent en fonction inverse du carré de leurs distances et proportionnellement au produit de leurs masses, et valider empiriquement cette formule par le fait qu'elle permet de retrouver les lois de Kepler. Pour le reste, l'idée que les corps s'attirent est sans doute une idée très intéressante, qu'on pourrait d'ailleurs certainement trouver dans la littérature bien avant Newton, mais elle est dépourvue de valeur scientifique. Seul Newton, et cela a été son génie, a su le premier relier cette idée à sa validation empirique.

La majorité des grandeurs qu'on emploie dans les sciences sont justifiées par leur rapport les unes avec les autres et liées à des phénomènes empiriques. Pour évaluer la scientificité de la théorie de l'information, le problème devient donc celui de la détection d'un possible lien entre les considérations informationnelles et le monde physique. Or, de ce point de vue, la théorie de l'information occupe une position particulière qu'elle ne partage qu'avec deux ou trois autres branches des mathématiques, en particulier la théorie des jeux et la logique.

Pour ce qui concerne la théorie de l'information, le problème majeur est qu'il existe peu de phénomènes physiques dans lesquels on ait affaire à des espaces probabilisés mesurables (à l'exception de la génétique mendélienne), et encore moins dans lesquels on pourrait trouver une succession de codages qui permettrait l'application du théorème de Shannon. Le même phénomène se reproduit pour la théorie des jeux, qui montre qu'il existe une situation caractérisable, celle du duel avec utilité transférable, dans laquelle le discours psychologique sur la volonté peut être évacué au profit du calcul. Or cette situation, qui est celle du théorème de Nash, ne peut pas se présenter dans le monde réel, car il est impossible de concevoir un système physique dans lequel il pourrait se produire un choc entre deux volontés, et encore moins de connaître les matrices de gains et de pertes correspondantes. Dans le cas de la logique enfin, le problème est que l'étude ne porte pas sur les objets mathématiques eux-mêmes, mais sur les raisonnements qui les concernent (elle se situe donc à un niveau d'abstraction supérieur), et que la notion de preuve ne peut être tenue pour une réalité physique.

En théorie de l'information, en théorie des jeux et en logique donc, le monde idéel des mathématiques traite de la modélisation de phénomènes qui n'existent pas dans le monde réel : la signification, la volonté et la preuve. Du fait de cette étrange caractéristique partagée, on pourra peut-être dire dans quelques décennies que les théorèmes de Gödel, de von Neumann et de Shannon ont été les premiers exemples pour lesquels le raisonnement déductif a réussi à apporter des concepts aussi mathématiquement efficaces qu'ineffables par rapport au monde physique. En outre, certains aspects particulièrement séduisants de ces trois théories ont sans doute contribué à leur prestige ou à leur intérêt, mais, indiscutablement, ce sont ces mêmes aspects qui ont également conduit à en faire l'objet de tous les abus et toutes les incompréhensions.

Pour en revenir plus spécifiquement à la théorie de l'information, nous pouvons de toute manière observer que, quelle qu'ait été la valeur de leurs mises en garde répétées, la résistance opposée par les mathématiciens les plus intègres à sa propagation a finalement eu le même effet qu'un barrage de sable contre le Pacifique : la société de l'immédiat après-guerre voulait certainement entendre un discours « informationnel » et « cybernétique », et Shannon comme Wiener, indépendamment de leur volonté, lui auront fourni le matériau dont elle avait besoin.

Maintenant que l'informatique n'a plus du tout le même contenu intellectuel et social qu'à cette époque, leurs théories, après avoir été exagérément louées, ont tendance à tomber exagérément dans l'oubli. Pourtant, le contenu, lui, est resté le même. Aussi, sans intervenir directement dans le débat sur le caractère actuel de la théorie de l'information, nous allons maintenant chercher à montrer à quel point les formules qu'elle utilise méritent tout de même l'attention du fait de leur grande généralité, de leur grande puissance et de leur grande beauté.

2. Des opérateurs mathématiques d'une grande élégance

La mesure de l'information : pourquoi le logarithme ?

La théorie de l'information ne constitue pas, en première approche, une théorie très complexe sur le plan de la formalisation mathématique. Pour en comprendre les grandes lignes, il suffit en effet de connaître deux définitions n'utilisant elles-mêmes que des opérateurs mathématiques simples : celle de la quantité d'information, d'une part, et celle de l'entropie, d'autre part. Une fois ces deux définitions bien intégrées, il est certes toujours possible de s'intéresser à d'autres notions, comme celles de redondance ou de bruit, mais ces notions-là, bien que largement vulgarisées, ont moins d'importance que les deux premières pour la compréhension du sens d'ensemble de la théorie.

D'après la théorie de l'information, tout processus de communication peut être représenté comme dans la *figure 1*.

Cette première représentation graphique ne présente toutefois qu'un intérêt marginal, car le principal effort de la théorie de l'information consiste surtout à étudier avec précision la capacité de transport du canal de transmission ainsi défini, et, à cette fin, elle utilise *une*

Figure 1.
Schéma fondamental d'une communication (paradigme de Shannon)

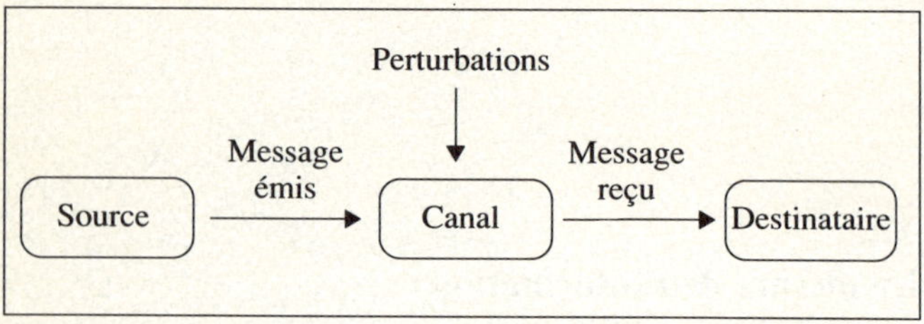

définition quantifiée de la notion d'information. Or c'est de là que jaillit toute sa puissance, bien qu'on puisse encore une fois souligner le caractère extrêmement réducteur de cette démarche, qui conduit à évacuer l'ensemble des problèmes de signification dans la problématique de la transmission des messages.

Dans la théorie de Shannon, c'est donc d'une façon purement mathématisée qu'une information désigne, par définition, un ou plusieurs événements parmi un ensemble fini d'événements possibles. Toutes les mesures informationnelles qui sont calculées ensuite sont issues des probabilités qui caractérisent cet ensemble d'événements.

Un exemple va permettre de faire comprendre intuitivement la logique de la démarche.

Si l'on cherche un livre donné dans une bibliothèque qui en compte un grand nombre (ensemble des événements possibles), savoir que le livre est de couleur bleue (ensemble des événements possibles définis par l'information), c'est détenir une information d'autant plus utile qu'elle réduit le temps de recherche du livre.

Or, sur le plan pratique, cette réduction du temps de

recherche est d'autant plus importante qu'il y a peu de livres de la couleur indiquée : si presque tous les livres sont bleus, apprendre que le livre recherché est bleu lui aussi ne présente que peu d'intérêt ; si par contre il n'y a qu'un ou deux livres bleus parmi une quantité d'ouvrages multicolores, la même information prend beaucoup plus de valeur.

Il a donc été naturel de chercher à quantifier l'information comme une fonction croissante de la réduction d'incertitude qu'elle apporte. Dans le cas qui précède, si N désigne le nombre total de livres et n le nombre de livres bleus, il est patent que plus N/n est grand, plus la réduction d'incertitude est grande, et donc plus l'information « le livre recherché est bleu » doit avoir une valeur élevée. Si un livre sur deux est de couleur bleue, l'incertitude est réduite de moitié $(N/n = 2)$. Si un livre sur dix est de couleur bleue, l'incertitude est réduite de neuf dixièmes $(N/n = 10)$.

Au lieu de dire que l'information était égale directement à N/n, Shannon, à la suite de Hartley, a cependant préféré poser l'égalité fondamentale suivante :

$$\textit{quantité d'information} = I = \log (N/n)$$

L'avantage de l'utilisation du logarithme est qu'elle permet de conférer la propriété d'additivité à la quantité d'information ainsi définie : quand on dispose de deux informations indépendantes, la quantité d'information totale est égale, grâce au logarithme, à la somme arithmétique des deux quantités calculées indépendamment. Cela se comprend d'ailleurs bien intuitivement : la formule de Bayes indique en effet que la probabilité de deux événements indépendants est égale au *produit* de la probabilité de chaque événement considéré séparément ; or c'est bien l'opérateur logarithmique qui permet de transformer un produit en une somme.

Cependant, cette propriété de transformation d'une multiplication en addition étant vraie quelle que soit la base du logarithme utilisée (2, 10, *e*...), elle ne permet pas à elle seule de justifier le choix d'une base en particulier. Bien sûr, on voit tout de suite que quand la réduction d'information est nulle, c'est-à-dire quand il y a autant de possibles après qu'avant l'information, $N/n = 1$ et $I = \log 1 = 0$. Le calage à l'origine se fait donc naturellement. Mais le problème est de savoir à quel apport d'information doit correspondre une unité de base.

Il a été fixé arbitrairement par Hartley et Shannon que $I = 1$ quand la réduction d'incertitude est de moitié, c'est-à-dire quand on a affaire à une dichotomie parfaitement équilibrée. Le logarithme à utiliser est donc le logarithme de base 2, puisque c'est dans ce seul cas qu'on a : $\log 2 = 1$.

Dans toute la suite de cet ouvrage, l'opérateur simplement indiqué *log* désignera donc le logarithme de base 2.

On peut d'ailleurs montrer facilement qu'au-delà d'une simple implication il y a une stricte équivalence entre le choix de cette valeur comme quantité d'information et les trois propriétés de positivité (une information ne peut, en principe, avoir une valeur négative), d'additivité (l'information de deux événements est la somme des informations de chaque événement pris séparément si ces deux événements sont indépendants) et de normalité (l'information vaut une unité quand l'univers des possibles est exactement découpé en deux).

L'exemple développé ne porte cependant que sur les

événements équiprobables (sur les N livres de la bibliothèque, nul n'est supposé *a priori* plus ou moins probable que les autres). En fait, on est dans la pratique souvent confronté à des situations mettant en jeu des probabilités inégales. Dans ce type de situations, et par extrapolation par rapport à la formule qui précède, la quantité d'information est définie par la formule :

$$I = log\ (1/p)$$

où p désigne la probabilité d'apparition de l'événement informatif, ou, ce qui est équivalent :

$$I = -\ log\ p$$

L'unité d'information ainsi définie porte plusieurs noms. Il en existe au moins quatre qui sont parfaitement synonymes : le « logon », le « Hartley », le « Shannon » et le « bit ». Le terme « bit » semble cependant être devenu le plus largement employé depuis que l'avènement de l'informatique en a fait la promotion.

Un bit est donc la quantité d'information qui correspond à la réduction de moitié de l'incertitude sur un problèmc donné. C'est par exemple l'apparition, en réponse à une question dichotomique, d'un 0 (oui) ou d'un 1 (non), qui, en supposant que leur apparition soit *a priori* équiprobable, apporte une information précise sur le problème en question.

Derrière l'utilisation de la locution *a priori*, on retrouve évidemment toute la querelle entre les fréquentistes et les subjectivistes. Voici ce qu'en dit élégamment Gérard Battail : « A un niveau très fondamental, les notions de probabilité et d'information sont impliquées dans le cercle vicieux suivant : je considère un dé ; il a six faces et, en l'absence de toute autre information, j'attribue une probabilité de 1/6 à l'apparition de chacune d'elles après un jet ; mais si je connais la position du centre de gravité du dé (exploitant donc une information complémentaire), je suis en mesure de réviser l'estimation des probabilités attribuées aux faces : la mesure de l'information dépend donc… d'une information préalable. Plus encore, l'événement auquel je me réfère, l'apparition d'une face d'un dé, doit être identifiable, c'est-à-dire ses faces distinguables, porteuses d'information ; l'information serait-elle antérieure aux probabilités [1] ? »

Cette question d'un intérêt fondamental reste ouverte, mais elle n'empêche heureusement pas le calcul de la quantité d'information de se révéler possible – et utile – dans un grand nombre de cas.

Un exemple chiffré va permettre de donner un sens plus concret à ce calcul. Supposons qu'on cherche, comme dans l'exemple précédent, un livre dans une bibliothèque qui en compte 4 000, se répartissant comme suit (*tableau 1*) :

Tableau 1.
Répartition de 4 000 livres selon deux critères

	Clairs	***Foncés***	***Total***
Bleus	250	250	500
Rouges	250	750	1 000
Verts	250	1 750	2 000
Jaunes	250	250	500
Total	1 000	3 000	4 000

1. Gérard Battail, « Théorie de l'information », fiche E-1220, *Sciences et Techniques de l'ingénieur*, 1970, 1-20, p. 8.

L'information « le livre recherché est bleu », notée I (bleu), vaut :

$$I\ (bleu) = log\ (4\,000/500) = log\ 8 = log\ 2^3 = 3\ bits$$

Commentaires : on a divisé l'incertitude par 8 (il n'y a plus que 500 livres possibles après l'information, alors qu'il y en avait 4 000 avant). Dire « le livre recherché est bleu » revient d'ailleurs à dire « le livre est dans le tas numéro *x* », en désignant un tas donné parmi huit tas différents de 500 livres. L'information donnée est donc entièrement contenue dans cette identification de *x*. Or on sait qu'en mode binaire l'identification d'un nombre compris entre 1 et 8 nécessite… 3 bits exactement puisqu'il correspond à l'un des 8 triplets qu'il est possible de composer avec des 0 et des 1 (000, 001, 010, 011, 100, 101, 110, 111).

L'information « le livre recherché est rouge », notée I (rouge), vaut :

$$I\ (rouge) = log\ (4\,000/1\,000) = log\ 4 = 2\ bits$$

Commentaires : cette information est de moindre valeur. Il y a davantage de livres rouges, et l'incertitude est donc moins réduite que précédemment. On sent d'ailleurs bien intuitivement que si l'on a devant les yeux 500 livres bleus et 1 000 livres rouges, l'information « le livre recherché est bleu » aidera davantage que l'autre (en l'absence d'information supplémentaire, il restera… deux fois plus de travail de recherche dans le second cas).

L'information « le livre recherché est clair », notée I (clair), vaut :

$$I\ (clair) = log\ (4\,000/1\,000) = log\ 4 = 2\ bits$$

Commentaires **:** la théorie de l'information est purement quantitative. Elle évacue les problèmes sémantiques. Au même nombre de cas possibles correspond exactement la même quantité d'information. S'il y a autant de livres clairs que de livres rouges, l'information contenue dans l'une et l'autre des affirmations est exactement la même, indépendamment du fait que la couleur est peut-être un identificateur plus pratique que le ton pour identifier visuellement un livre.

Combien y a-t-il d'information I (bleu clair) contenue dans l'affirmation « le livre recherché est bleu clair » ? Immédiatement, on serait tenté de répondre : puisque *I (bleu) = 3 bits* et que *I (clair) = 2 bits, I (bleu clair)* doit être égal à *3 + 2 = 5 bits*. Le calcul donne pourtant :

$$I\ (bleu\ clair) = log\ (4\,000/250) = log\ 16 = 4\ bits$$

Commentaires : on a perdu 1 bit d'information quelque part. Que s'est-il passé ? On a en fait rencontré le problème de la dépendance des deux informations. En effet, quand on apprend que le livre est bleu, la probabilité qu'il soit clair augmente : un livre bleu sur deux est clair, alors que, toutes couleurs confondues, seulement un livre sur quatre l'est. De ce fait, on ne divise plus l'incertitude restante que par 2, en rajoutant l'information sur le ton après qu'on a appris que le livre est bleu, et une division d'incertitude par 2 correspond bien à 1 bit d'information. On a donc bien au total une information de 4 bits : 3 bits pour l'information initiale sur la couleur bleue, plus 1 bit d'information – altérée – sur le ton clair.

L'information totale obtenue est d'ailleurs indépendante de l'ordre d'apparition des informations, ce qui est conforme à l'intuition si l'on excepte les effets particuliers d'ordre psychologique. En effet, si l'on apprend d'abord que le livre est clair, on gagne 2 bits d'information, qui sont suivis par 2 autres quand on apprend qu'il est de couleur bleue (250 possibles sur 1 000, l'incertitude est encore divisée par 4).

Maintenant, si par curiosité on calcule I (rouge clair), on obtient :

I (rouge clair) = log (4 000/250) = log 16 = 4 bits

Commentaires : cette fois, on a bien : *I (rouge clair)* = *I (rouge)* + *I (clair)*. Les deux informations peuvent être considérées comme indépendantes. En effet, seul un livre rouge sur quatre est de ton clair, ce qui ne provoque aucune distorsion par rapport au cas général. Pour formuler cette affirmation en termes mathématiques, on dira que : *P (rouge clair) = P (rouge). P (clair)*, où *P (x)* désigne la probabilité de l'événement *x*.

L'information « le livre recherché est vert clair » vaut :

I (vert clair) = log 16 = 4 bits

ce qui est plus que la somme des deux informations *I (vert)* et *I (clair)*, qui pèsent respectivement 1 et 2 bits.

Commentaires : on voit donc que trois cas de figure sont possibles :

– soit l'information totale est inférieure à la somme de ses parties (cas « bleu clair »). Cela se produit quand une partie de l'information rend l'autre partie moins surprenante ;

– soit l'information totale est égale à la somme de ses parties (cas « rouge clair »). Cela se produit quand les informations partielles sont indépendantes ;

– soit l'information totale est supérieure à la somme de ses parties (cas « vert clair »). Cela se produit quand une partie de l'information rend l'autre partie plus surprenante [2].

Cette propriété fondamentale d'additivité des informations indépendantes se transforme par extrapolation en propriété multiplicative. Imaginons en effet un message composé de symboles tirés d'un alphabet, toujours le même, et imaginons que les symboles déjà reçus ne préfigurent en rien les symboles à venir (cette hypothèse est très rarement vérifiée dans la réalité, mais elle permet de mieux comprendre la suite). Si l'alphabet utilisé est binaire et que le message se compose de *0* et de *1*, chaque symbole sera porteur de 1 bit d'information *(log 2)*. Si le message comporte *n* symboles, sa quantité d'information sera de : $n.1 = n$ bits. Cette égalité est facile à démontrer : une fois le premier symbole émis (1 bit), le deuxième en apporte autant (1 bit), le troisième également, et ainsi de suite (condition d'indépendance). Cette propriété n'est que la

2. L'équivalence entre l'égalité de l'information totale à la somme des informations partielles et l'indépendance des informations partielles est démontrée en fin d'ouvrage, dans le chapitre « Démonstrations » (cf. démonstration 1, p. 147).

conséquence concrète de la faculté qu'a le logarithme de transformer l'élévation à la puissance en multiplication, de la même manière qu'il transforme la multiplication en addition.

Une autre façon de voir les choses est de considérer toute suite de *n* symboles *(0* ou *1)* comme un événement parmi 2^n possibles et équiprobables si la condition d'indépendance est respectée. Or, un tel événement est bien porteur de :

$$I = \log 2^n = n.\log 2 = n \text{ bits d'information}$$

On le voit, le calcul de la quantité d'information est donc possible aussi bien avec des messages longs qu'avec de simples signaux élémentaires considérés indépendamment les uns des autres. Cependant, dès que l'on commence à prendre un peu de distance par rapport à un événement en particulier, et que l'on s'intéresse à une loi de probabilité dans sa globalité, on rencontre vite un autre concept essentiel de la théorie de Shannon : le concept d'entropie.

L'entropie revisitée

L'entropie est le seul autre concept de la théorie de Shannon qui soit d'une importance comparable à celui de quantité d'information. Il s'agit d'un concept qui doit son origine à la physique thermodynamique, mais on le retrouve aujourd'hui, *via* la théorie de l'information justement, dans des champs scientifiques très variés : on parle par exemple de l'entropie d'un style musical, d'une langue étrangère, etc. Quoique ancien, sa modernité, voire son caractère de mode ne font aucun doute quand on sait à quel point il suscite encore actuellement débats et polémiques.

Son irruption dans le système de Shannon est en réalité très naturelle. L'idée de quantité d'information est en effet une idée statique qui permet de jauger une situation finalisée, une production, un résultat. Face à un événement (une information) donné, la formule de la quantité d'information propose une échelle de mesure. Mais cette mesure ne dit pas comment évaluer le potentiel informationnel d'une situation *avant* l'apparition de l'événement.

C'est pour évaluer ce potentiel que la notion d'entropie a été proposée. Sa fonction est d'analyser le système informationnel tout entier, de comparer différentes sources, différents canaux ou différents récepteurs en termes de capacités d'émission, de transport ou de réception d'information.

Sa valeur mathématique s'exprime par la formule suivante : soit un ensemble E et soit $E_1, E_2, \ldots E_n$ des sous-ensembles formant une partition de E. La quantité d'information correspondant à l'événement E_i est, conformément à la définition donnée plus haut :

$$I(E_i) = \log(N/n_i)$$

où n_i désigne le cardinal de E_i et N celui de E.

L'entropie de la partition est alors définie par :

$$H = \Sigma_i\,[(n_i/N).\,\log(N/n_i)]$$

Plus généralement, si la formule utilisée retient des probabilités plutôt que des cardinaux, on peut écrire :

$$H = \Sigma_i p_i.\log 1/p_i = -\,\Sigma_i p_i.\log p_i$$

p_i désignant la probabilité de l'événement i.

Cette notion peut paraître purement abstraite dans sa formulation mathématique. Elle se comprend en fait facilement quand on l'applique à un cas précis. Soit par exemple un message émis dans un alphabet de type morse, qui ne comporte que des traits et des points. Supposons que l'apparition d'un trait soit plus fréquente (75 %) que l'apparition d'un point (25 %).

La quantité d'information liée à l'apparition d'un trait vaut :

$$I\ (trait) = -\log\ (0{,}75) = 0{,}415\ bit$$

La quantité d'information liée à l'apparition d'un point vaut :

$$I\ (point) = -\log\ (0{,}25) = 2\ bits$$

Voici les résultats présentés sous la forme d'un tableau (*tableau* 2) :

Tableau 2.

Probabilités et quantités d'information pour l'apparition d'un trait ou d'un point

	Trait	***Point***
Probabilité d'apparition	3/4	1/4
Quantité d'information lors de l'apparition	0,415 bit	2 bits

On constate immédiatement trois choses :

– L'apparition d'un point pèse plus lourd, en termes d'apport d'information, que l'apparition d'un trait. Il s'agit en effet d'un événement plus rare, plus improbable, donc d'une certaine manière plus précieux.

– Malheureusement, mais c'est toujours, par définition, le cas, l'événement le plus fréquent est le moins informatif.

– L'apparition d'un trait vaut moins d'une unité d'information (1 bit), parce qu'il a plus d'une chance sur deux d'apparaître (or c'est la probabilité de 0,5 qui marque l'équivalence à 1 bit). Parallèlement, l'apparition d'un point apporte une information supérieure à 1 bit (probabilité d'apparition inférieure à la norme de 0,5).

Jusque-là, seule la formule déjà connue de la quantité d'information a été appliquée. Par rapport à cette formule statique, l'entropie adopte un point de vue plus large, qui est celui de la loi de probabilité tout entière. On sait en effet que, si on répète l'expérience un grand nombre de fois, l'événement « trait » apparaîtra avec une probabilité de 3/4 et l'événement « point » avec une probabilité de 1/4.

On peut donc considérer que trois fois sur quatre on assistera à un événement porteur de 0,415 bit d'information et qu'une fois sur quatre on assistera à un événement porteur de 2 bits d'information. L'événement sera donc *en moyenne* porteur d'une information notée H de :

$$H = 3/4 . 0{,}415 + 1/4 . 2 = 0{,}811 \text{ bit}$$

Or, c'est précisément cette information moyenne qui est définie comme l'entropie de la loi de probabilité.

Pour donner un sens un peu plus intuitif à cette notion, on peut aussi expliquer l'entropie comme la *propension* d'une source ou d'un canal à émettre ou véhiculer une certaine quantité d'information. Dans tous les cas, il faut bien chercher à la comprendre comme une information moyenne (pour être précis, une information moyenne pondérée) et non pas comme une simple somme, comme le symbole Σ pourrait le laisser penser. D'ailleurs, dans le cas d'une distribution équiprobable, la formule de l'entropie se simplifie en :

$$H = \Sigma\, [(n/N).\, log\, (N/n)] = [\Sigma\, (n/N)].\, log\, (N/n) = log\, (N/n)$$

qu'on identifie immédiatement à une quantité d'information.

Cette égalité permet au passage de remarquer que plus une loi de probabilité présente un histogramme plat, chaque événement ayant tendance à être équiprobable, plus l'entropie de la loi est forte. Dans le cas d'une source binaire par exemple, l'entropie est d'autant plus forte qu'on se rapproche d'une répartition des probabilités d'apparition de chacun des deux événements proche de 0,5/0,5.

Cela se comprend assez bien intuitivement. Soit *A* et *B* les deux événements. Si *P(A*) est très petit et *P(B*) très grand, l'apparition (rare) de *A* sera très porteuse d'information et l'apparition (banale) de *B* le sera très peu. On pourrait penser que la charge d'information inversement proportionnelle à la probabilité d'apparition de l'événement compense exactement sa rareté relative. Ce serait oublier que, dans sa formulation mathématique, la quantité d'information est « rongée » par le logarithme.

Si on avait :

$$I\, (A) = 1/P(A)$$

alors, évidemment, l'entropie d'une source serait toujours identique – et égale à 1 – quelle que soit la loi de probabilité. Mais c'est bien grâce à la présence lénifiante du logarithme dans la formule :

$$I\, (A) = log\, (1/P(A))$$

que l'entropie est une notion qui prend toute sa richesse et qui avantage les répartitions de probabilités égales.

En d'autres termes, la surcote de quantité d'information accordée aux événements rares ne compense pas tout à fait leur rareté. Dans le cas contraire, la théorie de l'information n'aurait d'ailleurs aucun intérêt. Il est possible de visualiser cette tendance sur le graphique suivant (*figure 2*).

Figure 2.
Entropie* H *d'une source binaire en fonction de la probabilité* P *d'apparition du symbole le moins fréquent

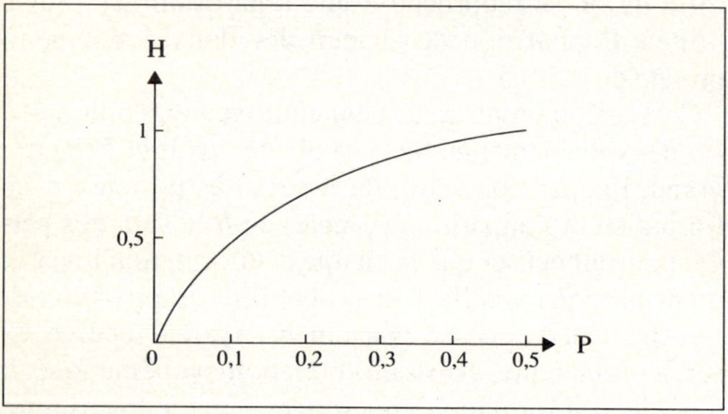

Pour comprendre ce que signifie concrètement cette propriété, on peut s'appuyer sur l'exemple bien connu du jeu qui consiste à deviner un nombre compris entre 0 et 100 en ne posant que des questions fermées binaires.

Intuitivement, on sait que le meilleur cheminement dans le questionnement consiste à toujours opérer des dichotomies équilibrées. Par exemple, la première question peut être : « Le chiffre est-il supérieur à 50 ? » Et, dans l'affirmative, on continue par la question : « Le chiffre est-il supérieur à 75 ? » Etc. Certes, on suppose ce faisant que le joueur qui choisit initialement le nombre effectue son choix sans préférence, c'est-à-dire sans privilégier les plus petits ou les plus grands nombres. Une telle hypothèse serait probablement ruinée sans difficulté par la psychologie expérimentale, mais cet exemple ne mérite d'être retenu que comme un cas d'école.

L'essentiel pour celui qui cherche à deviner le nombre est que les questions qu'il pose découpent toujours le champ des possibles en deux parties égales. La première question : « Le chiffre est-il pair ? » fait donc tout aussi bien l'affaire, mais il est clair qu'elle complique la suite.

Derrière son apparente simplicité, les deux concepts fondamentaux de la théorie de l'information sont résumés dans ce jeu de devinette. On sait en effet très bien que l'apparition d'un événement rare, par exemple l'obtention de la réponse « oui » à une première question du type : « Le nombre est-il supérieur à 90 ? », serait un événement très porteur d'information. Pourtant, un bon joueur ne pose pas ce type de question car il sait que la valeur de la réponse n'est que la mesure de son improbabilité et qu'au bout du compte elle ne la compense même pas.

On peut donner de cet exemple une expression visuelle simple en remplaçant la plage de valeurs « 0 à 100 » en une plage « 0 à 64 ». Il est alors possible d'imaginer le problème comme une sorte de bataille navale simplifiée où il n'y aurait qu'un vaisseau d'une case à couler.

Figure 3.
Localisation d'une case au moyen de questions dichotomiques

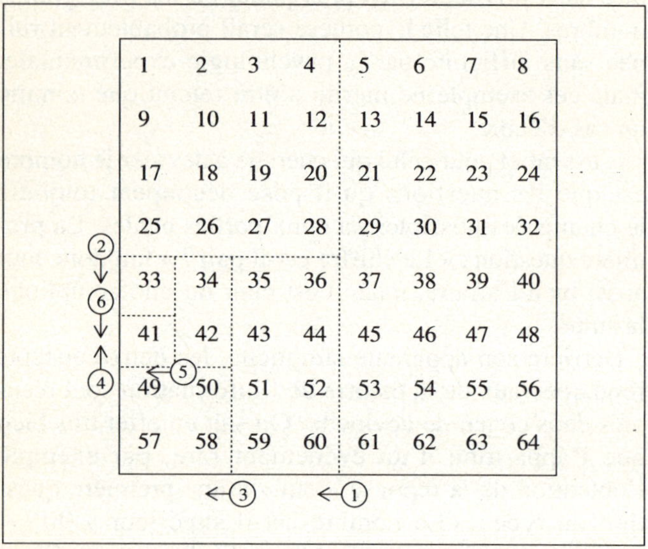

Dans la *figure 3* par exemple, la case à découvrir porte le numéro 41. Or, on voit bien que pour déterminer cette case avec certitude parmi les 64 proposées, il suffit de poser six questions, à condition que chacune des questions soit dichotomique. Ici, la première question posée est : « Le nombre recherché est-il dans la partie gauche du carré ? »

La réponse (« oui ») apporte 1 bit d'information et réduit de moitié les possibilités restantes. En répétant la même opération plusieurs fois, on arrive à « coincer » le nombre recherché au bout de cinq autres questions, qui sont autant de subdivisions en parties égales. En fonction du nombre q de questions binaires posées, on comprend bien qu'il est possible de résoudre ce type de problème pour un rectangle comprenant n cases selon la relation suivante :

Tableau 3.
Nombre* n *de cases d'un rectangle où il est possible de localiser une case donnée en posant* q *questions

q	$n = 2^q$
0	*1*
1	2
2	*4*
3	*8*
4	*16*
5	*32*
etc.	*etc.*

D'une façon analogue, on arriverait facilement à montrer que le nombre de questions binaires nécessaires pour spécifier la face d'un dé est 2 ou 3 (*log 6 = 2,58*). Pour spécifier une carte donnée d'un jeu de 52, il en faut 5 ou 6 (*log 52 = 5,70*).

Le jeu dit des « vingt questions », fortement apparenté à celui de la devinette évoqué plus haut, permet de pousser le raisonnement un peu plus loin. Dans ce jeu qui se joue à deux, l'un des joueurs pense à un concept dans un champ donné, par exemple celui du monde animal, et son adversaire doit identifier ce concept en ne posant que des questions binaires. Il est facile de montrer que vingt questions étant à disposition, un questionnement parfait permettrait de distinguer un concept quelconque parmi 2^{20} = 1 048 576, nombre qui dépasse largement celui des concepts distincts disponibles dans le monde animal, voire dans le monde tout entier, même en tenant compte des plus rares (à titre de comparaison, un dictionnaire usuel ne comporte que de 50 000 à 100 000 noms communs environ, soit plus de dix fois moins).

Pourtant, le questionneur n'est pas toujours le gagnant du jeu, parce qu'il est pratiquement impossible de séparer à chaque étape, en une question courte et claire, l'ensemble des possibles restants en deux parties approximativement égales. Le seul critère d'un bon joueur est d'ailleurs de tenter en permanence de s'approcher de cette égalité dans la division, malgré la difficulté de la tâche.

Il existe d'ailleurs une façon infaillible pour le répondant de gagner à tous les coups. Il lui suffit de choisir un concept qui dépasse artificiellement 2^{20}. Par exemple, 51 251 130 590 singes ou 918 919 111 191 girafes. Un problème fondamental surgit ici. Puisqu'il est loisible de choisir n'importe quel nombre et que l'ensemble des entiers naturels est infini, la spécification d'un nombre particulier devrait logiquement contenir une quantité d'information infinie : *N*, donc *N/1*, donc *log N/1* tendent vers l'infini.

En réalité, et si surprenant que cela puisse paraître, le nombre des entiers qu'il est décemment possible de spécifier n'est pas infini. On ne décrit en effet en général que des entiers relativement petits – il est rare qu'on dépasse une dizaine de chiffres significatifs –, et les très grands entiers sont spécifiés par une abréviation, par exemple $1{,}96 . 10^{23}$, ce qui ne permet que d'en identifier quelques-uns, très rares par rapport à la masse de leurs voisins, les nombres ronds.

Le problème – technique – de la spécification n'est d'ailleurs probablement pas le véritable problème. Le véritable problème est d'ordre psychologique. En effet, on peut se demander qui est réellement capable de comprendre, c'est-à-dire de faire appel à des images pourvues d'un sens spécifique, la distinction entre 10^{23} et 10^{24}. Et *a fortiori* entre $1{,}96 . 10^{23}$ et $1{,}96 . 10^{24}$. Or, à partir du moment où les concepts ne sont pas différenciés dans l'idée qu'on s'en fait, ne peut-on en vérité leur dénier la qualité même de concepts ?

Ainsi, le joueur qui prétend penser à 51 251 130 590 singes ne pense probablement qu'à la bonne farce qu'il est en train de jouer à son adversaire, et accessoirement à une cohorte imprécise de singes. D'où la légitime impression que peut avoir son adversaire de s'être fait flouer…

L'intérêt de tous ces exemples est double. D'une part, ils montrent bien le sens qu'on peut concrètement prêter aux notions de quantité d'information et d'entropie, et à leur unité de mesure, le bit. Mais, surtout, ils suggèrent une piste pratique d'amélioration de tout principe de questionnement ou de codage : l'équilibrage des réponses possibles ou des signaux utilisés. La généralité et l'opérationnalité de ce principe en font une règle qui mérite d'être longuement méditée.

Cependant, ces exemples supposent dans tous les cas que la stratégie du questionneur ou du codeur n'est ni répétitive ni contradictoire. Or cette hypothèse est rarement vérifiée dans la réalité, et son examen détaillé amène à se pencher sur un problème nouveau, largement étudié lui aussi par la théorie de l'information, le problème de la redondance.

L'envers de l'information : la redondance

La notion de redondance ne recouvre pas seulement celle de répétition. La répétition n'est en fait qu'un cas particulier de la redondance, qui est elle-même un phénomène plus général, s'apparentant plutôt à la corrélation. Prenons l'exemple de la langue française : un *q* y est presque toujours suivi d'un *u*. Le *u* n'est pas véritablement la répétition du *q*, mais leur apparition est fortement corrélée. On peut donc dire qu'il y a redondance. Le *u* suivant le *q* n'apporte presque aucune information tant sa probabilité est grande. Cependant, il alourdit le code utilisé (la langue française, à l'écrit) de la même façon que n'importe quelle autre lettre. La *redondance* est le nom général donné à la lourdeur engendrée par ce type de signes peu informatifs.

Dans le cas d'un alphabet comprenant *n* signes, le seul code non redondant est celui qui utilise les *n* signes d'une manière en permanence équiprobable. Cela signifie en particulier que les signes déjà émis ne doivent en aucune façon laisser deviner ceux qui vont suivre, ce qui conduirait à la sous-exploitation du potentiel entropique de l'alphabet. Cela signifie aussi qu'aucun signe ne doit être statistiquement plus ou moins fréquent que les autres, comme dans le cas du code binaire asymétrique évoqué plus haut. Dans ce cas optimal (alphabet de *n* signes toujours équiprobables), la redondance est nulle et l'entropie atteinte est de *log n* par symbole émis. La redondance d'une source quelconque de messages est quant à elle définie comme la différence entre l'entropie de cette source et *log n*.

La notion de redondance n'est cependant pas uniquement péjorative. Certes, dans le cas d'une transmission parfaitement sûre du signal, on peut l'assimiler à une perte pure et simple. Mais, dans le cas d'un canal bruyant, quand le message risque de subir des distorsions, la redondance agit positivement comme un processus de vérification intégré.

Du fait de la redondance de la langue française, un message comme « le présenl ouuvrage traite dde la théorwe de l'informatiiong » reste facile à comprendre. D'ailleurs, en hébreu par exemple, la langue écrite supprime totalement les voyelles, diminuant ainsi sa redondance de manière appréciable sans rien perdre ou presque de son pouvoir informatif. La redondance est également une chance pour les gens qui ont des problèmes avec l'orthographe et qui deviendraient littéralement incompréhensibles si la langue était un canal d'une efficacité parfaite. Et combien d'erreurs médicales ont certainement été évitées du simple fait de la redondance de la langue, les médecins n'étant pas réputés pour la clarté de leur écriture !

Shannon lui-même s'est intéressé, dès son article fondateur, à l'analyse de la redondance de la langue anglaise. Pour évaluer l'étendue de cette redondance, il s'est attaché à faire découvrir un texte lettre par lettre à un certain nombre de personnes volontaires. A chaque étape, il demandait aux sujets de l'expérience quelle lettre, à leur avis, allait suivre. Les personnes citaient alors un premier choix, puis éventuellement un deuxième, un troisième, etc., jusqu'à ce que la lettre soit découverte. Après un grand nombre de répétitions, Shannon s'est rendu compte que les sujets devinaient la bonne lettre du premier coup bien plus d'une fois sur vingt-six, comme cela aurait dû être le cas si la redondance avait été nulle. Un calcul agrégeant les découvertes en un coup, en deux coups, en trois coups, etc., lui permit de démontrer que la langue anglaise ne convoie guère plus de 1 bit d'information par lettre, c'est-à-dire qu'elle n'est pas plus informative que ne le serait une langue parfaitement efficace utilisant seulement deux lettres, mais d'une façon optimale.

Compte tenu de l'ampleur de cette redondance (et on retrouve les mêmes ordres de grandeur pour le français, pour l'allemand, etc.), il n'est pas étonnant que divers procédés de simplification des langues naturelles aient été mis en place dans tous les cas où la transmission d'information est fastidieuse ou coûteuse. On peut mentionner par exemple le système des diminutifs, des acronymes ou des sigles (« ONU » au lieu d'« Organisation des Nations unies »), des abréviations (« Fred » au lieu de « Frédéric »), la sténographie ou les formulations de type télégraphique.

Cependant, de tels systèmes ne peuvent se justifier que dans les cas où le gain en efficacité de transport excède le risque de déformation du message. Or, pour être capable d'effectuer un arbitrage entre les deux, il faut être capable de conceptualiser et de mesurer non seulement les gains attendus par le moyen de la diminution de redondance, mais aussi les risques de distorsion du message et l'étendue de ses conséquences. Pour cela, plusieurs autres notions de la théorie de l'information sont particulièrement utiles, et notamment celles de bruit, d'équivoque, d'ambiguïté, ainsi que celle, complémentaire, de transinformation.

Un nouveau sens pour les notions de bruit, d'équivoque et d'ambiguïté

La notion de bruit est d'une grande importance dans la plupart des utilisations qui sont faites de la théorie de l'information. En elle-même, elle présente peu de difficultés de compréhension. Le bruit est le nom donné à la modification d'un message entre son émission et sa réception : lorsque le canal qu'on utilise pour transmettre un message est bruyant, le récepteur qui reçoit, par exemple, un *0* ne peut conclure à l'envoi d'un *0* avec certitude, mais seulement avec une certaine probabilité.

A partir du moment où l'on admet qu'un canal est bruyant, tous les problèmes de transmission et de codage deviennent probabilistes. Il convient en effet de distinguer les symboles envoyés $[a_1, a_2 \ldots a_i \ldots, a_n]$ des symboles reçus $[b_1, b_2 \ldots b_j \ldots, b_p]$, qui peuvent être différents, mais qui leur sont liés par des lois de probabilités.

Quand on s'intéresse à la notion d'entropie, il faut, en cas de bruit, prendre plusieurs entropies en compte. L'entropie de la source (notée H_a) peut être calculée à partir des probabilités $p(a_i)$. Mais le récepteur du message ne peut connaître directement cette entropie originelle. Pour sa part, il peut seulement mesurer l'entropie observée à la réception (notée H_b), à partir des $p(b_j)$, calculées empiriquement.

Le calcul entropique le plus important est cependant un peu plus complexe. Il utilise les probabilités conditionnelles notées $p(a_i/b_j)$ (dites « probabilité de a_i sachant b_j ») qui représentent les probabilités qu'un a_i ait été émis quand un b_j a été reçu. On suppose que ces probabilités, qui correspondent à une tendance du canal à modifier les symboles transmis de façon toujours égale (bruit constant), sont des caractéristiques connues des utilisateurs.

Le récepteur peut alors calculer $H(A/b_j)$, c'est-à-dire l'entropie (qu'il est ici avantageux d'imaginer comme une variabilité) de la source quand il reçoit b_j. Par exemple, si le canal est sans bruit, la réception d'un b_j correspond toujours à l'envoi du même symbole et $H(A/b_j)$ est nulle. La probabilité est de 1 pour un symbole et de 0 pour tous les autres : il n'y a aucune incertitude. Il est ensuite possible de calculer $H(A/B)$, qui représente la moyenne pondérée de tous les $H(A/b_j)$.

Cette valeur $H(A/B)$ a un grand intérêt pratique et on la retrouve dans nombre de problèmes différents. On l'appelle l'*équivoque* du canal. Ce nom a été choisi car $H(A/B)$ désigne bien l'incertitude qui demeure sur le signal émis après qu'il a été reçu. Une telle valeur ne dépend que du canal, non du message transmis, et sa formulation mathématique exacte est [3] :

$$H(A/B) = -\Sigma_{i,j}\,[p(a_i,b_j).\ \log\,(p(a_i/b_j))]$$

Il faut faire bien attention à cette formule de l'équivoque :

– $p(a_i/b_j)$, comme il est indiqué plus haut, représente la probabilité qu'un a_i ait été émis quand un b_j a été reçu ; c'est donc une probabilité conditionnelle ;

– $p(a_i,b_j)$ désigne pour sa part simplement la probabilité conjointe de l'émission d'un a_i et de la réception

3. La justification de cette formule est donnée en fin d'ouvrage (démonstration 2, p. 148).

d'un b_j ; ce n'est donc pas une probabilité conditionnelle mais la simple probabilité de la coïncidence de deux événements plus ou moins dépendants.

Une mesure moins courante est celle de l'incertitude sur le message reçu du point de vue de l'émetteur (c'est-à-dire l'incertitude qu'il a que son message ait été fidèlement transmis). Cette mesure est la symétrique exacte de l'équivoque. On l'appelle l'*ambiguïté* et sa formule est :

$$H(B/A) = -\Sigma_{i,j}\,[p(a_i,b_j).\,\log\,(p(b_j/a_i))]$$

Il est important de noter que l'équivoque et l'ambiguïté représentent les seules mesures précises de l'imperfection d'un canal. Le bruit, dont le nom est pourtant plus connu, n'est pour sa part que la notion abstraite, générale et non quantifiée de ces phénomènes.

Il est naturel d'appeler « entropie conjointe » et de noter $H(A,B)$ l'entropie de l'ensemble des couples d'événements (a_i,b_j). Par définition, on a donc :

$$H(A,B) = -\Sigma_{i,j}\,[p(a_i,b_j).\,\log\,(p(a_i,b_j))]$$

On peut montrer sans difficulté que [4] :

$$H(A,B) \leq H(A) + H(B)$$

Cette formule signifie concrètement que l'entropie conjointe de A et B ne peut excéder la somme des entropies de A et B. En d'autres termes, l'incertitude portant sur A et B considérés comme un ensemble ne saurait être supérieure à la somme des incertitudes qui portent sur A et B considérés indépendamment.

Il est bien sûr intéressant de se pencher sur le cas par-

4. Cf. démonstration en fin d'ouvrage (démonstration 3, p. 148-150).

ticulier où ces deux quantités sont précisément égales. On observe alors que[5] :

$$H(A,B) = H(A) + H(B)$$

implique que A et B sont des variables indépendantes

Il a donc été logique de faire apparaître une nouvelle quantité qui mesure la différence entre les deux termes de l'inégalité :

$$T(A,B) = H(A) + H(B) - H(A,B)$$

Cette quantité est appelée *transinformation* d'un canal ou information transmise par un canal. Elle mesure la quantité d'information effectivement transmise par un canal bruyant. Un cas particulier apparaît immédiatement : si les variables A et B sont indépendantes, la transinformation est nulle (la connaissance du signal reçu ne permet en rien de connaître le message émis ; le bruit est tel qu'il empêche toute communication).

Au contraire, plus les variables sont liées et plus la correspondance entre le message reçu et le message émis est bonne. La transinformation augmente donc avec la dépendance des variables A et B.

On peut ensuite démontrer les égalités suivantes[6] :

$$H(A,B) = H(A) + H(B/A)$$

$$H(A,B) = H(B) + H(A/B)$$

et[7] :

$$T(A,B) = H(A) - H(B/A)$$

5. Cf. démonstration en fin d'ouvrage (démonstration 4, p. 150).
6. Cf. démonstration en fin d'ouvrage (démonstration 5, p. 150-151).
7. Cf. démonstration en fin d'ouvrage (démonstration 6, p. 151).

Enfin, on peut ajouter que pour les mêmes raisons on a :

$$T(A,B) = H(B) - H(A/B)$$

On voit bien que si la liaison est parfaite entre les variables *A* et *B*, l'équivoque *H(A/B)* et l'ambiguïté *H(B/A)* sont nulles et donc :

$$T(A,B) = H(A) = H(B)$$

C'est le cas d'un canal sans bruit : sa transinformation est maximale et égale à l'entropie de la source. Toute l'information émise est effectivement reçue.

Ces formulations abstraites étant parfois difficiles à comprendre, nous allons maintenant en décrire quelques cas particuliers qui permettront de clarifier les notions fondamentales qui s'y trouvent décrites.

Soit *A* un individu qui essaie d'expliquer une idée et *B* un auditeur qui écoute et essaie d'interpréter cette idée (on pourrait aussi imaginer la transmission d'un point ou d'un trait en morse sur une ligne de télégraphe, mais la communication d'une idée entre deux individus a un côté plus vivant et plus concret). Si *A* s'exprime mal ou si *B* n'est pas attentif, l'idée peut être mal captée. Il peut y avoir méprise. Supposons que la matrice suivante rende bien compte de la situation :

Tableau 4.
Probabilités d'émission et de compréhension d'une idée **(a)**

		Idée émise par *A*	
		Idée 1	Idée 2
Idée comprise par *B*	Idée 1	0,5	0
	Idée 2	0	0,5

Dans ce type de situations, la transmission d'information est parfaite. Chaque fois que c'est l'idée 1 qui est émise, c'est bien elle qui est comprise, et c'est la même chose pour l'idée 2. Les calculs montrent que la transinformation est maximale et correspond à l'entropie de la source (1 bit). Au contraire, l'équivoque et l'ambiguïté sont nulles, car la réception d'un symbole permet toujours de connaître avec certitude le symbole émis, et vice versa (l'émission d'un symbole permet de connaître avec certitude le symbole reçu).

Cette situation de bruit nul peut d'ailleurs se retrouver dans des situations asymétriques. Par exemple, dans le cas suivant :

Tableau 5.
***Probabilités d'émission et de compréhension d'une idée* (b)**

		Idée émise par *A*	
		Idée 1	Idée 2
Idée comprise par *B*	Idée 1	0,1	0
	Idée 2	0	0,9

On se retrouve dans la même situation que celle décrite précédemment : transinformation égale à l'entropie de la source, équivoque et ambiguïté nulles.

On peut même noter que, dans le cas suivant :

Tableau 6.
***Probabilités d'émission et de compréhension d'une idée* (c)**

		Idée émise par *A*	
		Idée 1	Idée 2
Idée comprise par *B*	Idée 1	0	0,1
	Idée 2	0,9	0

le bruit est nul également. Même s'il existe un décalage systématique entre ce qui est dit et ce qui est compris, le calcul permet de constater que la transinformation est bonne. C'est en fait à cause même du caractère systématique et « fiable » du décalage qu'on a affaire, dans les termes de la théorie de l'information, à une communication parfaite (ce qui mérite, soit dit en passant, d'être longuement médité).

Le bruit survient en fait dès que des chiffres non nuls apparaissent en dehors des diagonales. Par exemple, pour :

Tableau 7.
***Probabilités d'émission et de compréhension d'une idée* (d)**

		Idée émise par *A*	
		Idée 1	Idée 2
Idée comprise par *B*	Idée 1	0,4	0,1
	Idée 2	0,1	0,4

le calcul montrerait que l'équivoque et l'ambiguïté ne sont que de 0,722 bit chacune, la transinformation plafonnant à 0,278 bit. Au pis, pour la répartition suivante :

Tableau 8.
***Probabilités d'émission et de compréhension d'une idée* (e)**

		Idée émise par *A*	
		Idée 1	Idée 2
Idée comprise par *B*	Idée 1	0,25	0,25
	Idée 2	0,25	0,25

on atteint une équivoque et une ambiguïté maximales (1 bit). Le bruit est tel qu'il rend impossible toute transmission d'information (transinformation = 0 bit).

Pour bien comprendre la distinction entre une situation d'équivoque et une situation d'ambiguïté, deux cas méritent encore d'être considérés. Pour la matrice suivante :

Tableau 9.
***Probabilités d'émission et de compréhension d'une idée* (f)**

		Idée émise par *A*	
		Idée 1	Idée 2
Idée comprise par *B*	Idée 1	0,5	0,5
	Idée 2	0	0

on voit que, quelle que soit l'idée exprimée par *A*, *B* l'interprète toujours de la même manière (peut-être n'écoute-t-il pas, peut-être raisonne-t-il sur la base de préjugés, etc.). Cette situation d'insuffisance de la part du récepteur se caractérise par une grande équivoque ($H(A/B) = 1$ *bit*), l'ambiguïté pouvant prendre n'importe quelle valeur (ici, $H(B/A) = 0$ *bit*).

Au contraire, dans le cas suivant :

Tableau 10.
***Probabilités d'émission et de compréhension d'une idée* (g)**

		Idée émise par *A*	
		Idée 1	Idée 2
Idée comprise par *B*	Idée 1	0,5	0
	Idée 2	0,5	0

la limite est du côté de l'émetteur, *A*, qui n'est pas informatif car il répète toujours la même chose. Cette situation est caractérisée par une forte ambiguïté, quel que soit le niveau de l'équivoque (ici, elle est nulle).

Les deux éléments importants à retenir sont donc les suivants : il y a équivoque quand la finesse du récepteur n'est pas à la hauteur de la finesse de l'émetteur, et il y a ambiguïté quand la finesse de l'émetteur n'est pas à la hauteur de la finesse du récepteur. Ou, dit autrement : il y a équivoque quand l'émetteur produit deux messages différents qui peuvent être compris de la même manière, alors qu'il y a ambiguïté quand l'émetteur produit un message qui peut être compris de deux manières différentes.

Enfin, il faut encore signaler, pour être complet sur les aspects calculatoires de la théorie, qu'on appelle *capacité* d'un canal la transinformation maximale qu'on peut obtenir avec la loi de probabilité de la source la plus avantageuse possible. Cette notion de capacité est très utile, en particulier quand des difficultés de calcul rendent la mesure de l'entropie réelle de la source impossible ou inadaptée. La capacité, en tant que valeur limite, peut en effet dans certains cas se révéler une solution alternative intéressante. Or, certains théorèmes majeurs de la théorie de l'information ont montré qu'il existe toujours des codes permettant d'utiliser la totalité de la capacité d'un canal, et cela que le canal soit bruyant ou non. Cependant, si les théorèmes indiquent l'existence de tels codes, ils n'indiquent malheureusement pas comment les trouver. Cette particularité remarquable (existence de codes optimaux, en particulier en présence de bruit, mais difficulté à les déterminer précisément) a été à la racine de la plupart des développements initiaux de la théorie de l'information au sein de la communauté mathématique.

Mais ce qui a réellement propulsé la théorie de Shannon sur le devant de la scène scientifique n'a pas grand-chose à voir avec ses propriétés strictement mathématiques. Comme nous l'avons déjà signalé plus haut, c'est en effet plus à la puissance de ses concepts qu'à celle de ses instruments de calcul que la théorie de l'information doit sa célébrité.

Il est donc temps de faire maintenant une description précise de ces concepts et de les mettre en relation avec certaines notions fondamentales de la philosophie et de la psychologie : la surprise, l'ordre et la complexité.

3. A la croisée de plusieurs concepts psychologiques et philosophiques essentiels

L'information comme réduction de l'incertitude

Ce que je sais, c'est que je ne sais rien.
Socrate.

L'incertitude est un concept tellement central dans la théorie de l'information que certains auteurs ont même préféré utiliser ce terme plutôt que celui d'information dans leurs travaux. Il est vrai que les deux concepts sont liés par leurs natures exactement contraires : techniquement, l'incertitude d'un ensemble est égale au nombre de choix binaires (bits) nécessaires pour désigner un élément unique dans l'ensemble, chaque élément ayant la même probabilité d'être désigné ; et l'information mesure quant à elle l'effet du ou des choix opérés sur la quantité d'incertitude restante. Le gain d'information correspond donc exactement à la réduction d'incertitude.

Prenons l'exemple d'un observateur faisant face à un ensemble de 8 cubes. L'incertitude de cet ensemble est de 3 bits (pour désigner l'un des 8 cubes, on a besoin de trois instructions binaires). Si une information donnée permet de sélectionner 4 cubes parmi les 8, cette information correspond donc à une réduction d'incertitude de 3 à 2 bits, soit 1 bit d'information.

Cette façon de voir les choses est séduisante parce qu'elle montre bien que l'information est un concept qui n'a de sens que dans un contexte bien précis : celui d'un ensemble fini et probabilisé, caractérisé par un niveau d'incertitude donné. L'information au sens de Shannon ne peut s'appliquer que dans le cas de la réduction d'un univers fini à un autre univers fini, mais plus petit. Hors de cette situation, la théorie de l'information perd tout son sens.

Prenons le cas de l'identification d'une commune de France. Cette identification se fait habituellement au moyen de son nom, c'est-à-dire d'un assemblage de caractères de l'alphabet. Supposons à des fins de simplification que, par un procédé d'abréviation, on arrive à réduire le nom de chaque commune à 12 caractères au maximum. Comme l'indication d'un signe de l'alphabet est une information qui vaut environ 5 bits (si l'on compte les accents, les blancs, les traits d'union, on arrive à près de 32 symboles élémentaires, et $32 = 2^5$), on serait tenté de dire que la désignation du nom d'une commune quelconque, en tant que suite de 12 signes, vaut précisément 60 bits. Ce serait une erreur : il n'y a en effet en France que 35 000 communes. L'information qui consiste à en désigner une ne vaut donc que : $I = log\ 35\,000 \approx 15\ bits$.

Le décalage entre les deux mesures est considérable. En première approximation, on pourrait en effet penser qu'une quantité d'information de 60 bits est environ quatre fois supérieure à une quantité d'information de 15 bits ; mais, en fait, 15 bits permettent de définir $2^{15} = 32\,768$ possibles, alors que 60 bits permettent d'en définir 2^{60}, soit environ 35 000 milliards de fois plus ! Un tel décalage, bien qu'entièrement imputable à la médiocrité du code choisi, montre cependant bien que le contexte (et l'univers de probabilités qu'il représente, ici celui des noms de toutes les communes de France) est le déterminant essentiel de l'information, déterminant antérieur et indifférent au code utilisé pour la transmission de l'information.

La relation entre les notions d'information et de contexte peut encore être illustrée par un petit exemple de la vie courante : supposons qu'on entende la phrase inachevée suivante : « La porte était hermétiquement... » Le sens est tel qu'il est facile de compléter. Le mot manquant ne peut être que « fermée » ou à la rigueur « close », « verrouillée » ou « scellée ». Dans tous les cas, la signification de la phrase est déjà, à très peu de chose près, acquise. On peut donc dire que, dans ce contexte, l'apparition du mot « fermée » est un événement très peu porteur d'information. Supposons maintenant qu'on entende le morceau de phrase suivant : « La lettre était... » Au contraire du cas précédent, on ne peut être certain du mot qui devrait se trouver ensuite. Cela pourrait être « fermée », mais aussi « ouverte », « écrite », « sale », « I », « respectée », « majuscule » ou encore bien autre chose. Dans ce cas, l'apparition du mot « fermée » apporte donc réellement de l'information.

Dans le premier exemple, l'incertitude est tellement réduite par le contexte qu'il ne reste presque plus rien à obtenir. Dans le second cas, l'univers (fini, si l'on suppose qu'une phrase grammaticalement correcte ne peut contenir qu'un nombre fini de mots) des phrases possibles est certes un peu réduit par le début du texte, mais il reste tout de même encore beaucoup d'incertitudes à lever : le contexte permet le gain d'information.

Il est utile, à ce stade, de distinguer l'incertitude mesurée quantitativement (en bits, en tenant compte des probabilités réelles d'apparition des différents événements constituant l'univers de référence) de l'incertitude perçue, qui est, elle, de nature psychologique. Pour illustrer à quel point les probabilités imaginaires peuvent être en décalage avec les probabilités réelles, Harold W. Hake a posé aux membres du personnel enseignant et administratif d'une université américaine le petit problème suivant : quelle est la probabilité de choisir un républicain en sélectionnant aléatoirement un individu dans un groupe comprenant 60 % de républicains et 40 % de démocrates [1] ? La réponse est, bien sûr, 60 %. Pourtant, 5 personnes sur 26 répondirent que cette probabilité était de 50 %, témoignant par ce décalage soit d'une mauvaise estimation réelle de la probabilité, soit au minimum de l'incapacité à exprimer cette probabilité sous la forme d'un pourcentage (en outre, 11 personnes pensaient que la probabilité de choisir deux républicains lors de deux tirages successifs n'était pas de 36 %, ce qui est pourtant bien le cas).

On peut supposer que la méprise venait du nombre de possibilités – deux –, qui suggérait par association d'idées la probabilité d'un sur deux. L'exemple montrerait alors au moins dans cette hypothèse qu'il y a facilement confusion entre le nombre d'événements possibles, leur complexité, leurs liens et la probabilité subjective dont ils font l'objet. Bon nombre de superstitions et de simplifications semblent en tout cas empêcher la perception statistiquement correcte des phénomènes.

1. Harold W. Hake, « The Perception of Frequency of Occurrence and the Development of "Expectancy" in Human Experimental Subjects », *in* Henry Quastler, *Information Theory in Psychology. Problems and Methods*, Glencoe, Illinois, The Free Press, 1954.

Dans le même ordre d'idées, L.D. Goodfellow a en effet pu mesurer que la probabilité attendue (qu'il nomme *subjective expectancy*) d'obtenir « face » chez certains joueurs jouant à pile ou face était de 80 %, et non de 50 %[2]. Cette probabilité attendue n'étant d'ailleurs valable que pour le premier jet, car ensuite elle tombait à 57 % (au deuxième jet), puis à 44 % (au troisième jet).

Or, dans la réalité, c'est bien souvent la perception subjective des phénomènes qui compte. Chacun a déjà joué au jeu de la pierre, de la feuille et des ciseaux, où tout le problème consiste précisément à anticiper mieux que l'autre le degré de finesse de son adversaire : deux joueurs s'affrontent par un choix qu'ils expriment simultanément d'un signe de la main. Ce choix peut être la pierre (poing fermé), la feuille (main ouverte, à plat) ou les ciseaux (index et majeur tendus en V). Sachant que la pierre gagne contre les ciseaux (en les cassant), que les ciseaux gagnent contre la feuille (en la coupant), et que la feuille gagne contre la pierre (en l'enveloppant), le jeu est à somme nulle et ne présente aucun intérêt hors des tentatives de manipulation psychologique et des efforts d'évaluation des probabilités subjectives, donc d'une certaine façon du niveau d'information résultant des choix de l'adversaire. Mais justement, sur ce plan-là, il montre bien à quel point l'interprétation personnelle et subjective des phénomènes probabilistes est une expérience bien différente de leur connaissance et de leur manipulation objective et purement instrumentale.

De la notion mathématique de probabilité, c'est donc

2. L.D. Goodfellow, « The Human Element in Probability », *Journal of General Psychology*, 23, 1940, p. 201-205.

à une pure notion de psychologie, celle de surprise, que nous en arrivons. Or, nous allons voir que cette notion importante s'analyse elle aussi très bien à la lumière de la théorie de l'information.

L'information comme résultat de la surprise

– Dis, est-ce que tu m'aimes ?
– Bien sûr que je t'aime, quelle question !
Extrait d'une chanson de Jacques Dutronc.

Les liens étroits qui existent entre la surprise et la communication sont l'un des axes de recherche privilégiés des chercheurs du MRI (Mental Research Institute) de Palo Alto et se comprennent dans la plupart des cas très bien à partir d'exemples tirés de la vie quotidienne.

Imaginons un professeur qui donne un cours. Au début de ce cours, il distribue des polycopiés et, durant sa distribution, certains élèves lui disent poliment merci. Puis, à la fin du cours, un élève isolé, avant de sortir de la salle de classe, s'avance vers lui et le remercie de sa prestation. Supposons qu'il lui dise simplement « merci ». Dans les deux cas, le message est – techniquement – le même. Il est pourtant clair que le contenu informationnel, lui, est dans les deux cas bien différent. Dans le premier cas, le caractère automatique, donc attendu, ou en tout cas peu surprenant, de la remarque la rend pour ainsi dire négligeable. Dans le second cas, le caractère exceptionnel, du moins pour un professeur normal, du remerciement le rend, précisément, remarquable et le charge d'un sens lourd.

Partant de là, certains chercheurs distinguent deux

types de surprise. Le premier s'appelle *surprisal* (en anglais) et est directement fonction de la quantité d'information telle qu'elle est définie par la théorie de l'information. C'est en quelque sorte la composante objective de l'étonnement. Le second type s'appelle *surprise* (toujours en anglais) et il mesure, quant à lui, la composante psychologique de la surprise.

Prenons un exemple : si on lance cinq fois de suite une pièce de monnaie, l'obtention de cinq « face » consécutifs a la même valeur de surprise (au sens de *surprisal*) que l'obtention également probable de « face-pile-pile-face-pile ». Cependant, elle a une valeur psychologique de surprise (au sens de *surprise*) supérieure, sa régularité étant contraire à l'idée qu'on se fait généralement du hasard. On pourrait aussi prendre le cas du tir à l'arc : bien que l'objectif soit toujours le centre de la cible, arriver à tirer une flèche de 50 mètres en plein cœur au millimètre près du plus petit cercle aurait une valeur psychologique de surprise considérable. Pourtant, en considérant les choses à l'envers, il faut bien que la flèche aboutisse quelque part…

Les événements et les messages supprenants sont plus riches d'information que les événements et les messages routiniers. Par exemple, la faute d'orthographe (délibérée) au mot « supprenants » qui précède l'a rendu plus étonnant, mais aussi, et par voie de conséquence, plus informatif. Au-delà du sens normal et attendu, qui est compris dans le mot, surgissent en effet différentes hypothèses. La faute est-elle volontaire ? Si oui, quel en est l'objectif ? Sinon, quelle curieuse coïncidence qu'elle apparaisse précisément dans un mot qui la mette en abîme, etc. Des sens nouveaux voient le jour. L'information convoyée est plus riche.

L'extrait de la bande dessinée qui suit est évocateur (*figure 4*)[3] :

Figure 4.
Extrait de la bande dessinée* Peanuts *de Schultz

Comme Lucy, la petite fille brune de la bande dessinée, s'en rend compte à ses dépens, même quand on attend ardemment une réponse, on ne peut en aucun cas la demander autoritairement ni même la suggérer sous peine de rendre son apparition moins inattendue, donc moins signifiante (sauf si on arrive à se cacher à soi-même cette suggestion, mais on entre là dans le domaine du fantasme ou de la *doublepensée* chère à Orwell).

Sur le plan théorique, cette situation sans issue met en évidence l'existence d'une frontière, d'une butée infranchissable, d'une incommunicabilité fondamentale (le mur qui protège le solipsiste, ce « fou enfermé dans un blockhaus imprenable », comme le disait Schopenhauer) que bien des philosophes ont senti sans pouvoir tout à fait la définir, à cause de sa nature même, celle qui est si extraordinairement évoquée par Wittgenstein

3. Figurant *in* Paul Watzlawick, Janet Beavin et Don Jackson, *Une logique de la communication*, Paris, Éd. du Seuil, 1972 [« Je trouve que j'ai un charmant sourire. Schroeder, tu ne m'as jamais dit que j'avais un charmant sourire… Tu crois que j'ai un charmant sourire ? – Oh oui, tu as le plus charmant sourire qui soit depuis que le monde est monde… – Même quand il le dit, il ne le dit pas vraiment. »].

dans son *Tractatus logico-philosophicus*. Ce n'est bien évidemment pas un hasard si cet auteur est cité avec une telle fréquence dans les ouvrages des chercheurs du MRI.

On pourrait aussi voir les choses sous la forme suivante : la surprise ne peut avoir lieu qu'au sein d'un cadre déterminé et probabilisé. Or on ne peut pas, de l'intérieur du cadre, faire un commentaire sur lui sans créer un paradoxe logique. Un tel raisonnement, analogue à celui qui, mis en évidence par Gödel, a conduit à la refondation des mathématiques par le remplacement de l'axiomatique de Frege par celle de Zermelo-Fraenkel, trouve dans les termes de la théorie de l'information une expression particulièrement élégante.

Cependant, nous arrivons là encore à un point où la théorie de l'information n'apporte plus grand-chose, au moins sur le plan opératoire, et où son utilisation au-delà du simple rôle de fournisseur de concepts risquerait d'être rapidement déplacée. Comme souvent, la théorie se révèle fort utile dans la façon d'aborder une problématique importante sous un angle original, mais l'application de ses instruments de mesure étant impossible, elle perd son statut de théorie mathématique pour ne plus jouer qu'un simple rôle de réservoir de vocabulaire, ce qui ne correspond certainement pas à sa vocation initiale.

Il est donc préférable, à ce stade, de se recentrer sur une utilisation plus technique de la théorie. Or, il se trouve justement que, dans le prolongement de l'analyse de la notion de surprise, c'est bien la théorie de l'information qui permet de donner un sens calculatoire à une autre notion majeure des sciences exactes et des sciences sociales : celle de complexité.

L'information comme mesure de la complexité

La notion de complexité, intimement liée à celle d'aléa, est aussi délicate à mettre en calcul qu'elle est facile à appréhender intuitivement, et il a fallu attendre que les travaux de Shannon soient repris dans les années 1960 par Andreï Kolmogorov et Gregory Chaitin (devenu la référence mondiale en la matière bien qu'il ne soit pas certain qu'il ait été historiquement le premier à s'engager dans cette voie) pour qu'on puisse leur trouver une expression quantitative précise.

La notion d'aléa est en premier lieu une notion intuitive. Considérons par exemple les deux suites suivantes, composées chacune de vingt symboles binaires :

– première suite : *01010101010101010101* ;

– seconde suite : *01110010011011010010*.

La première donne l'impression d'une régularité incompatible avec l'idée que l'on se fait ordinairement d'une suite aléatoire, alors que la seconde semble plus irrégulière, donc plus aléatoire. D'ailleurs, si l'on doit prévoir une succession pour ces suites, on prévoira certainement « 01010101 » pour la première, et rien du tout pour la seconde.

Pourtant, il existe un point commun entre ces deux suites. Elles sont toutes les deux des éléments uniques de l'ensemble des suites qu'il est possible de composer avec 20 symboles binaires (ensemble qui compte 2^{20} éléments). Si on tire à pile ou face 20 fois de suite, en supposant que pile soit représenté par 0 et face par 1, on a donc autant de chances ($1/2^{20}$) d'obtenir l'une ou l'autre des suites indiquées, ni plus, ni moins. De ce point de vue, chacune vaut 20 bits d'information. Sur ce plan, les deux suites sont équivalentes et l'on voit qu'il faut chercher plus loin le sens mathématique du concept d'aléa.

L'idée fondamentale est de faire intervenir ici la notion d'incompressibilité. Si une suite peut être comprimée, en somme si on peut la résumer en un message plus court, alors elle ne doit pas être considérée comme aléatoire. La première suite évoquée, par exemple, est compressible. Au lieu de l'écrire *in extenso « 01010101010101010101 »*, on peut l'écrire en condensé *« 10 fois 01 »*. La seconde suite est par contre imperméable à toute tentative de résumé efficace. La façon la plus courte de la décrire est de l'écrire tout entière. Elle peut donc effectivement être considérée comme aléatoire.

Du fait de cette définition, le caractère aléatoire d'une suite est donc directement proportionnel à son contenu informationnel : dire qu'une suite est aléatoire revient en effet à dire qu'aucun système de codage ne peut permettre de la réduire efficacement. Dans le cas binaire par exemple, une suite de *n* symboles est aléatoire si aucun code ne permet de la décrire en moins de *n* bits.

Le problème est en fait moins simple qu'il n'y paraît, car il existe toujours une infinité de façons de décrire une suite, en d'autres termes une infinité d'algorithmes de codage qui permettent de l'obtenir. Mais, dans tous les cas, il existe au moins un algorithme qui minimise la longueur de cette description, et c'est cet algorithme qui permet de donner un sens précis à la notion de complexité. La complexité d'une suite de chiffres (ou, par extrapolation, de n'importe quel message issu de n'importe quel alphabet) est par définition égale au nombre minimal de bits qu'il faut introduire dans un ordinateur

– ou, pour être plus précis, dans une machine dite « de Turing », dont l'ordinateur est un cas particulier – pour obtenir comme résultat la suite en question, l'introduction pouvant elle-même être faite sous la forme d'un programme algorithmique ou, le cas échéant, d'une simple énumération.

Le lien entre complexité et information peut par ailleurs également être mis en évidence dans des situations qui ne se prêtent pas aussi nettement à la quantification et dans lesquelles on peut cependant souvent distinguer une part de création pure (fortement porteuse d'information et de complexité) et une part de liant peu informatif fondé sur la répétition et la redondance. Dans un ouvrage comme celui-ci, par exemple, on trouvera, espérons-le, quelques idées nouvelles ou quelques formulations qui susciteront chez le lecteur une attention particulière. Et puis il y a toute une part de forme peu porteuse d'information qui n'est là que pour des questions de circonstances et de lisibilité. Il est d'ailleurs intéressant d'apprécier le degré de complexité réelle d'un travail, d'un problème ou d'une œuvre quelconques à la part relative de création et de redondance qu'ils contiennent. En mathématiques, par exemple, la difficulté d'un problème est directement liée à son caractère de nouveauté et, au contraire, tout ce qui est répétitif est trivial. Si on cherche à résoudre deux exercices identiques, aux paramètres près, le second n'est jamais difficile, même si la démonstration doit prendre plusieurs pages : la route est tracée par le premier. Dans les termes de la théorie de l'information, le second problème n'a pas besoin d'être réécrit extensivement. Il suffit pour le définir d'écrire : « Même problème que le précédent, mais avec tels paramètres. »

Évariste Galois, célèbre mathématicien du siècle passé, est réputé avoir jeté les bases de la théorie des groupes, qui sert maintenant de fondement à l'enseignement des mathématiques dites modernes, en une seule nuit, la veille de sa mort en duel. Bien que cette anecdote soit vraisemblablement exagérée (il aurait en fait seulement passé la nuit à annoter un texte déjà rédigé), elle montre à quel point un message court, de quelques pages ou quelques dizaines de pages, peut être porteur d'une importante quantité d'information (le traité a eu des répercussions pendant des décennies). Il faut dire que l'ouvrage est un modèle de faible redondance, au sens où les démonstrations, par exemple, n'y sont pas faites. Mais, dès lors que le lecteur est capable de les retrouver seul, peut-on vraiment penser qu'elles auraient été porteuses d'information ? En éliminant le superflu sans relâche et en ne gardant que les signes porteurs de sens, toute communication peut être extraordinairement écourtée. Bien entendu, elle devient alors allusive, mais comment éviter, en matière de communication, au moins un degré *minimal* d'allusion ? Il y a d'ailleurs un grand achoppement pour l'esprit à chercher à éliminer, dans toutes les formes de communication, la redondance, l'évidence, l'automatisme, le mécanique.

Prenons comme dernier exemple celui d'une partie d'échecs. De quelle quantité d'information a-t-on besoin pour décrire une partie en cours ? Dans un premier temps, on pourrait penser qu'il est nécessaire de donner la position de chacune des pièces présentes sur l'échiquier (par exemple : « pions blancs en a2 et b2, cavalier blanc en c2, etc. »). Mais est-ce vraiment comme cela que l'on réalise le meilleur codage ? Ne vaut-il pas mieux coder des relations (du type : « sur la seconde rangée, dans l'ordre, deux pions et un cavalier blancs ») ? Ou n'existe-t-il pas des formes supérieures de codage exceptionnellement économes (« cette position est celle de la troisième partie de la finale entre Fisher et Spassky, mais le pion de la première colonne est moins avancé et la tour noire a disparu ») ?

On le voit, l'efficacité du message est fortement liée au niveau d'allusion autorisé, en somme, à ce qu'on peut considérer comme l'alphabet réellement utilisé. Quand on ne communique que la position des pièces, l'allusion est à son degré minimal : on suppose simplement que le récepteur connaît la codification du jeu d'échecs. Par contre, quand on évoque la finale entre Fisher et Spassky, on doit faire l'hypothèse que le récepteur du message connaît cette partie.

Il faut noter que dans les deux cas, c'est bien la même quantité d'information qui est transmise, grâce à beaucoup de symboles d'un alphabet pauvre dans le premier cas, ou peu de symboles d'un alphabet riche dans le second cas. Seulement, la seconde formule autorise des manipulations plus faciles car elle est directement conçue à un niveau de synthèse plus élevé.

Le plus grand degré de codage est d'ailleurs celui opéré en interne, puisque ce n'est en définitive qu'avec soi-même qu'on peut se permettre d'être totalement allusif. Mais ici, au stade de l'allusion ultime, on rencontre à nouveau d'importants problèmes d'ordre ontologique, en particulier celui – éternel – qui consiste à savoir s'il existe un fond derrière la forme, c'est-à-dire une essence derrière les apparences. La situation imaginée par Alan Turing d'un observateur incapable de distinguer un discours produit par un humain de celui produit par une machine peut faire douter que la forme cache quoi que ce soit d'autre qu'elle-même.

Mais à cet endroit, la théorie de l'information doit à nouveau s'effacer si l'on veut éviter les extrapolations abusives auxquelles une interprétation trop fantaisiste risquerait d'inviter. Et pour lui trouver un champ d'application plus approprié, il est préférable de se tourner vers une autre problématique importante du débat épistémologique moderne dans laquelle elle a un rôle capital à jouer : celle de l'ordre et du désordre.

L'information dans la problématique de l'ordre et du désordre

Deux dangers menacent le monde : l'ordre et le désordre.

Paul Valéry.

Au fond du débat, il y a avant tout le parallèle – souligné dès l'introduction de cet ouvrage – qu'on ne peut manquer d'établir entre les notions d'énergie et d'information. Or ce parallèle, aussi séduisant par certains côtés que contestable par d'autres, s'est trouvé subitement propulsé au centre des débats quand c'est grâce à la théorie de l'information que le paradoxe le plus célèbre de la physique théorique – le paradoxe de Maxwell – a reçu une proposition de résolution par Léon Brillouin, en 1956[4]. Afin de comprendre la nature de ce célèbre paradoxe initialement énoncé par le physicien écossais James Clerk Maxwell en 1871, il est indispensable de rappeler pour commencer les fondements du second principe de la thermodynamique.

4. Léon Brillouin, *La Science et la Théorie de l'information*, Paris, Masson, 1959.

Second principe de la thermodynamique et démon de Maxwell

Alors que le premier principe de la thermodynamique énonce simplement que dans un système isolé il y a conservation de l'énergie, le second principe indique qu'il existe une valeur différente, l'entropie, qui, elle, peut varier, mais toujours dans le même sens. Au contraire du premier principe, qui est hors du temps (réversibilité), le second principe donne au temps une valeur centrale, puisque directionnelle (irréversibilité).

Prenons l'exemple d'un réfrigérateur contenant de l'air froid. Si l'on ouvre sa porte après l'avoir débranché, l'air chaud de la pièce et l'air froid du réfrigérateur vont se mélanger pour produire de l'air tiède. Cette évolution est automatique : elle n'a besoin d'aucun apport énergétique extérieur pour se produire. Par contre, si l'on souhaite revenir à la situation de départ (air froid dans le réfrigérateur et air chaud dans la pièce), on est obligé de fermer la porte et surtout de rebrancher l'appareil. Le moteur se met alors en marche et c'est précisément grâce à cet apport d'énergie extérieur qu'il est possible de recréer une différence de température. La règle à en tirer est la suivante : le mouvement vers l'identique, l'égal, l'homogène va dans le sens entropique prescrit par le second principe. Le mouvement vers la différence, l'inégalité, la variété doit au contraire être forcé car il va à l'encontre de ce principe.

Si le second principe n'existait pas, le problème du mouvement perpétuel serait d'ailleurs résolu puisque le fonctionnement même d'un moteur thermique est fondé sur l'exploitation des différences de température. Si de telles différences pouvaient être créées sans dépense d'énergie, un moteur utilisant ces différences de potentiel « gratuites » pourrait tourner indéfiniment sans combustible.

Il existe une autre image usuelle, attribuée à Willard Gibbs, qui permet de rendre compte du phénomène d'irréversibilité : celle de la goutte d'encre qui, mélangée à de l'eau claire, produit de l'eau teintée sans qu'il soit possible de retourner en arrière. Dans les deux exemples cités, le concept d'ordre est central. Dans le cas du réfrigérateur, les molécules d'air chaud (rapides) et les molécules d'air froid (moins rapides) sont séparées, comme rangées dans deux compartiments distincts quand l'appareil est en marche. Quand on ouvre la porte, les molécules, qui sont toutes en mouvement, se mélangent. Le désordre qui s'ensuit est irréversible, car il n'y a presque aucune chance que, spontanément, du simple fait de leur mouvement brownien, les molécules en très grand nombre se retrouvent à un moment donné dans une configuration qui sépare les rapides des lentes. Dans l'exemple de l'encre et de l'eau, c'est exactement le même phénomène qui se produit : la destruction d'un classement (moléculaire) initial qui ne pourra plus jamais réapparaître.

L'entropie est la mesure physique du désordre (le terme « mélange » serait peut-être plus approprié, mais « désordre » est le terme consacré par l'épistémologie). Comme lui, elle ne peut qu'augmenter ou, au mieux, rester constante. Et c'est elle qui permet de distinguer les phénomènes de transformation réversibles (à entropie constante) de ceux qui ne le sont pas.

Le célèbre principe de Clausius énonce que l'entropie de l'univers tend vers un maximum, et que cette évolution est stricte, car il se produit toujours par endroits certains phénomènes irréversibles. C'est ce principe très controversé, probablement en raison de l'interprétation métaphysique qu'on peut en faire, qui fonde le caractère irréductible de la notion de temps. Il énonce en particulier que son état final sera atteint quand sera atteinte l'homogénéité parfaite (température égale, énergie répartie, etc.).

Cet état uni et sans irrégularité ressemble curieusement à l'idéal ataraxique des philosophies stoïciste, bouddhiste ou taoïste. Il est cependant bien difficile de le qualifier en termes de valeur morale, et en particulier de décider si une telle fin doit être considérée avec optimisme ou avec pessimisme. Est-ce en effet une image de désordre absolu (ce que la physique tend à accréditer puisque alors toutes les particules se retrouvent dans une situation de mélange complet) ou d'ordre (ce que le spécialiste des sciences sociales aurait tendance à penser, puisque c'est le modèle même de l'unité) ? Chacun est libre de son interprétation.

Venons-en maintenant au démon de Maxwell. Imaginons un récipient isolé divisé en deux compartiments qui contiennent chacun un gaz d'une température et d'une pression égales. Entre les deux compartiments, une petite porte peut s'ouvrir pendant un laps de temps très court pour laisser passer, une par une, certaines molécules de gaz. Maxie (c'est ainsi qu'Anatol Rapoport a baptisé le démon [5]) est un petit bonhomme imaginaire posté près de cette porte et qui a pour fonction d'ouvrir (brièvement) la porte de communication quand il voit

5. Anatol Rapoport, « The Promise and Pitfalls of Information Theory », *Behavioral Science*, 1956, 1, p. 303-309.

qu'une molécule du compartiment *B* se dirige vers le compartiment *A* (dans sa version première, Maxie sélectionnait en fait les molécules rapides, mais il a eu beaucoup de petits cousins tout aussi paradoxaux que lui, et celui qui est présenté ici est le plus plausible). Quand une molécule se dirige de *A* vers *B*, il maintient toujours la porte fermée (*figure* 5). Ainsi, la pression ne peut qu'augmenter dans *A* alors qu'elle diminue dans *B*. Puisqu'il y a équivalence entre la pression et la température, ce dispositif viole le second principe de la thermodynamique si l'on suppose que Maxie agit sans consommer d'énergie, ce qui a été considéré comme possible d'un point de vue théorique.

Figure 5.
Le démon de Maxwell en action

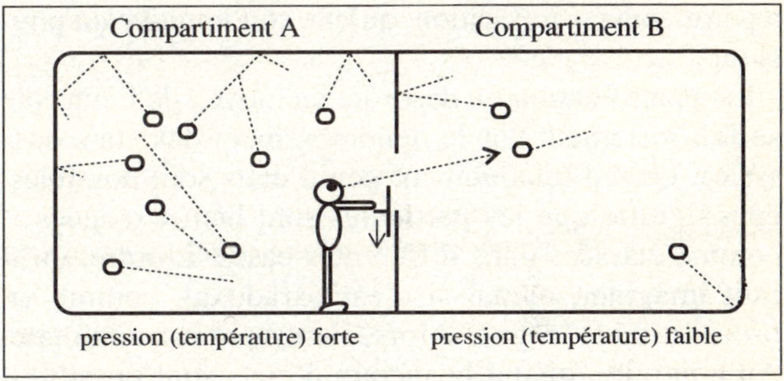

Avant de s'attacher à résoudre le paradoxe, il faut essayer de comprendre pourquoi, dans un récipient unique, un gaz tend à diffuser de la manière la plus égale possible. La raison en est en réalité plus statistique que physique. En effet, les mouvements qui agitent les particules sont chaotiques, au point que la position de chacune d'elles varie en permanence et qu'on ne peut guère que leur attribuer des *probabilités* de se situer à un moment donné dans telle ou telle zone.

Si l'on divise le récipient en deux compartiments *A* et *B* en laissant une porte de communication ouverte entre les deux, chaque particule a une probabilité de 0,5 de se trouver dans le compartiment *A* à un moment t_0 donné. En généralisant, on voit que la probabilité que *n* molécules données se retrouvent dans *A* à l'instant t_0 est de $0,5^n$. Un milligramme d'hydrogène contenant environ 300 milliards de milliards de molécules, la probabilité que toutes les particules qui le composent se retrouvent « par hasard » du même côté de la paroi est donc de $0,5^{300000000000000000000}$, c'est-à-dire (presque) nulle. Cette situation représente en effet un état particulier parmi $2^{300000000000000000000}$, nombre si grand qu'il a perdu toute signification, qu'elle soit intuitive ou physique.

La quantification du désordre au moyen de l'entropie se fait justement par le dénombrement des états possibles. Quand relativement peu d'états sont possibles, cela signifie que les particules sont bien « rangées », comme classées dans différentes cases. L'ordre, qu'il faut imaginer, même si c'est paradoxal, comme un ordre instable, règne. Alors, l'entropie est minimale. Au contraire, quand beaucoup d'états sont possibles, cela veut dire que beaucoup de particules sont présentes et/ou agitées (il faut savoir que l'entropie augmente sous l'effet de la pression ou de la chaleur, qui rendent également les mouvements des particules plus désordonnés) et que l'entropie approche de son maximum.

L'opérateur choisi est le logarithme, et l'entropie au sens physique *S* est définie comme [6] :

$$S = k.\ lnW$$

W étant une variable caractérisant l'ensemble des états microscopiques permettant d'atteindre l'état macroscopique observé, *ln* le logarithme népérien (mais le passage au logarithme de base 2 s'effectue bien entendu par un simple changement de constante) et *k* la constante de Boltzmann, soit environ $1{,}38 . 10^{-23}$ J/K. Dans cette définition, l'emploi du logarithme se justifie par le fait qu'il permet de rendre la valeur de l'entropie proportionnelle à la masse du gaz observé. Puisque le nombre d'états possibles augmente d'une façon exponentielle par rapport au nombre de particules considérées, il faut en effet bien réduire cette mesure par un logarithme pour en revenir à une mesure que l'on peut rapporter aux grandeurs physiques de référence.

Certaines expressions mathématiques de l'entropie physique, en particulier en théorie cinétique des gaz, prennent cependant la même forme, à la constante près, que celle de Shannon. Une telle similitude a conduit certains chercheurs à établir un lien direct entre la thermodynamique et la théorie de l'information, en formulant l'hypothèse que c'est justement de l'information qui est nécessaire à Maxie pour ouvrir la porte à bon escient. Léon Brillouin, l'un des physiciens français les plus renommés du siècle, fut le premier à s'engager dans cette voie en suggérant que pour acquérir une

6. Cette formule est littéralement passée à la postérité, puisque c'est celle qui se trouve inscrite sur le monument érigé en 1933 à Vienne en mémoire de Boltzmann, tragiquement décédé avant que son travail n'ait pu être reconnu à sa juste valeur par la communauté scientifique.

information sur la position d'une molécule, Maxie devait au moins dépenser l'énergie d'un photon (une particule élémentaire de lumière), et qu'entre chaque observation il lui fallait en outre « oublier » ses observations précédentes sous peine d'être rapidement saturé, ce déchargement lui coûtant à nouveau de l'énergie. C'est ainsi que d'un parallèle à l'origine purement formel et mathématique lié à une identité de formules et de mots on en est arrivé, entre la théorie de l'information et la thermodynamique, à un rapprochement plus étroit.

Faut-il regretter ce rapprochement ? A l'évidence, l'information n'est pas l'énergie et il peut sembler abusif de laisser croire à la possibilité de les exprimer dans les mêmes termes. Aurait-il alors fallu choisir d'autres mots, comme celui d'« intropie », proposé par Paul Chambadal, qui permet de suggérer à la fois la notion d'information et celle d'entropie sans tendre cependant à la confusion de vocabulaire ?

Dans sa contribution à la résolution du paradoxe de Maxwell, Léon Brillouin a bien tenté un changement de terminologie, en proposant pour sa part le mot « néguentropie » pour désigner l'entropie dont parle la théorie de l'information, le préfixe utilisé permettant de rendre compte de la différence de signe avec celle utilisée en thermodynamique. Mais cette négation a surtout eu pour effet de rendre la compréhension des concepts délicate et de provoquer par voie de conséquence de nombreux abus de langage. A des fins de clarification, il paraît donc utile de résumer ici précisément le sens comparé des deux termes.

Notion de néguentropie et paradoxe de l'information négative

L'entropie physique ne peut qu'augmenter. Plus elle est petite et plus les particules physiques sont bien séparées, comme « ordonnées » dans des catégories distinctes, chaudes, froides, denses, peu denses, etc. (état surprenant, improbable et instable). Plus elle est grande et plus il y a mélange homogène (état de certitude indifférencié : toutes les zones de l'univers sont identiques). L'entropie informationnelle, ou néguentropie, a le signe contraire de l'entropie physique. Elle ne peut que diminuer (une information ne peut pas créer de l'incertitude, elle ne sert qu'à la réduire – propriété qui sera analysée dans le détail un peu plus loin). Plus elle est grande, plus il existe d'événements possibles distincts affectés de probabilités non nulles, et plus il y a de doute, d'incertitude. Plus elle est petite et plus on tend vers la certitude d'un événement unique (*figure 6*).

Il ne faut pas être troublé par le fait que l'information, principe créateur de certitude (ou plutôt destructeur d'incertitude), soit maximale quand l'incertitude est élevée. En fait, la contradiction n'est qu'apparente. L'incertitude doit être envisagée comme une ressource d'information. Et l'information elle-même, qui dégrade cette ressource, est pour sa part bien orientée vers la création de certitude. Il faut distinguer l'état initial (potentiel néguentropique) de l'événement observé (qui réduit le potentiel). Rappelons que la formule que donne Shannon pour calculer la quantité d'information est précisément fondée sur un rapport entre le nombre des possibles avant l'information (le contexte) et le nombre de

Figure 6.
Entropie physique et entropie informationnelle

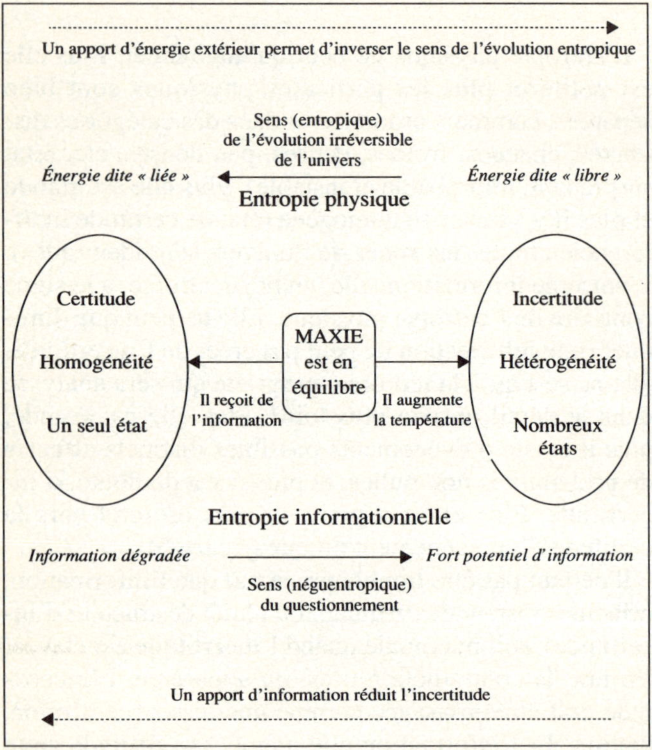

possibles après (le nouvel espace, informé, ainsi défini).

Une information étant un mouvement qui, tant que le contexte ne change pas, réduit l'incertitude, le contexte doit pour sa part être imaginé comme un réservoir d'incertitude. Un contexte fortement néguentropique est un contexte dans lequel les hypothèses sont nombreuses.

C'est dans ce type de contextes (grande incertitude) que peuvent exister des informations d'une grande valeur. En d'autres termes, pour que la réduction d'incertitude (l'information) soit importante, il faut bien que l'incertitude préalable (la néguentropie du contexte) le soit aussi.

Aussi, évoquer l'entropie d'un message (ce qui est courant) est une forme d'abus de langage. En réalité, un message véhicule une certaine quantité d'information définie qui réduit la néguentropie du contexte. Évoquer l'entropie d'une information serait d'ailleurs encore plus coupable, puisqu'il s'agit presque d'une contradiction dans les termes. Par contre, il est légitime d'évoquer la néguentropie d'une question. En effet, une question étant une invitation à sélectionner une réponse, elle permet de constituer une partition (explicite pour une question fermée, implicite pour une question ouverte) qui justifie l'emploi du terme « néguentropie ». La question définit les contours de l'incertitude du questionneur (elle est néguentropique). La réponse réduit cette incertitude (elle est informative).

Cependant, quand un événement modifie le référentiel autant que les possibles restants, il peut aussi arriver que l'on ait davantage d'incertitude après l'événement qu'avant. En somme, une réponse amène parfois… à se poser de nouvelles questions. L'histoire de la pensée humaine n'est-elle d'ailleurs pas celle d'un cheminement, non pas vers davantage de certitude, mais vers davantage d'incertitude, les éléments constitutifs de la connaissance invitant surtout à élargir les champs de recherche ? Cela semble la simple illustration du fait que la pensée ne fonctionne pas en un système fermé (comme le font, par exemple, les jeux du Mastermind ou du Cluedo) mais en un système ouvert dans lequel, *a priori*, tout est possible. C'est ce caractère ouvert qui rend d'ailleurs la théorie de l'information contestable quand on cherche à l'appliquer à des problèmes trop généraux, dont le cadre de référence est insuffisamment délimité.

Monod a indiqué comment les processus vivants semblent être des systèmes physiques néguentropiques, c'est-à-dire qui transforment de l'énergie en information, et permettent ainsi la création de formes physiques complexes et organisées. On pourrait être tenté d'en dire autant au sujet de l'intelligence, puisqu'elle propose à des problèmes apparemment simples au départ des solutions de plus en plus élaborées. Elle semble donc créatrice de complexité, cette complexité pouvant prendre la forme d'une organisation chimique élaborée au niveau des systèmes de stockage ou de traitement cérébral de l'information.

En s'inspirant de ce type de remarque, on pourrait trouver une interprétation saisissante du Big Bang, événement physique supposé créateur de l'univers, en termes informationnels. Monod écrit : « La probabilité *a priori* que se produise un événement particulier parmi tous les événements possibles est voisine de zéro. Cependant, l'univers existe ; il faut bien que des événements particuliers s'y produisent, dont la probabilité (avant l'événement) était infime. Nous n'avons, à l'heure actuelle, pas le droit d'affirmer, ni celui de nier que la vie soit apparue une seule fois sur la Terre, et que, par conséquent, avant qu'elle ne fût, ses chances étaient quasi nulles [7]. » La remarque, qui s'apparente aux plus

7. Jacques Monod, *Le Hasard et la Nécessité*, Paris, Éd. du Seuil, 1970.

purs problèmes posés par la statistique bayesienne, peut être étendue à l'apparition non seulement de la vie, mais aussi de l'univers physique : l'énergie colossale libérée à l'occasion du Big Bang peut être mise en rapport avec le potentiel informationnel colossal d'un événement aussi improbable que cette création.

Pour donner de cette idée une illustration mathématisée, on peut prendre un exemple inspiré de celui des livres multicolores énoncé plus haut. Soit la répartition suivante de 1 600 livres (*tableau 11*) :

Tableau 11.
Répartition de 1 600 livres par taille et par couleur

	Clairs	Foncés	Total
Bleus	1 200	100	1 300
Rouges	0	100	100
Verts	0	100	100
Jaunes	0	100	100
Total	1 200	400	1 600

L'entropie de cette partition, qui correspond à la quantité moyenne d'information nécessaire à la définition d'une catégorie particulière, est de :

$$H_{avant\ I} = 1\,200/1\,600 \,.\, \log (1\,600/1\,200)$$
$$+ [4 \,.\, (100/1\,600 \,.\, \log (1\,600/100))] = 1{,}31 \text{ bit}$$

Supposons maintenant qu'on reçoive l'information *I* suivante : « le livre recherché est foncé ». Alors, l'entropie du contexte après l'information *I* devient :

$$H_{après\ I} = 4 \,.\, (1/4 \,.\, \log 4) = 2 \text{ bits}$$

Tout se passe comme si l'information *I*, loin d'avoir

réduit l'incertitude du système, l'avait au contraire accrue. On part en effet d'une situation où les choses sont presque assurées : il y a toutes les chances que le livre soit bleu clair, comme la très grande majorité. L'information surprenante, donc d'une valeur élevée, apprenant qu'il n'en est rien, plonge donc l'observateur dans une grande perplexité : des hypothèses précédemment écartées en bloc redeviennent également probables.

Une découverte, dérangeante par son improbabilité, peut donc être paradoxalement créatrice d'incertitude et déboucher sur de nombreuses autres questions. Ce qui est le plus paradoxal, c'est d'ailleurs qu'une information surprenante ayant une valeur informationnelle élevée, on serait tenté de croire qu'elle réduit nécessairement beaucoup l'entropie du système. Mais, en réalité, l'exemple montre bien que cette réduction peut être compensée par une augmentation d'entropie plus que proportionnelle liée à la modification du système.

Une distinction claire entre information et contexte informationnel permet peut-être de résoudre un paradoxe ancien soulevé par Couffignal en 1954, celui de l'information négative. En particulier, imaginons la situation suivante : après l'envoi d'un long message binaire, son émetteur ajoute une unité d'information (1 bit) sous la convention suivante :

– *0 : Tout le message qui précède est faux. N'en tenez aucun compte.*
– *1 : Le message est correct. Vous pouvez l'utiliser.*

L'information apportée par le dernier bit semble bien pouvoir prendre une valeur négative quand toute l'information qui précède est subitement invalidée. Une situation analogue, plus pratique, est également proposée par Brillouin. Un professeur donne une longue conférence et découvre tout à fait à la fin qu'il a fait une erreur. En concluant : « Excusez-moi, tout ce que je viens de dire était faux », il donne une dernière information dont la valeur semble bien être négative.

En réalité, il y a certainement une différence de niveau entre l'information de base contenue dans le message et la méta-information, qui porte non sur un objet extérieur mais sur le message lui-même, contenue dans le dernier élément d'information. Ce dernier symbole ne modifie en effet pas l'ensemble des possibilités restantes, comme le fait par exemple une question du jeu des vingt questions, mais il modifie le cadre de référence lui-même, c'est-à-dire l'ensemble des possibles supposés avant que le symbole ne soit apparu, en un mot le contexte. D'une certaine façon, c'est comme si les règles d'un jeu étaient modifiées en cours de partie.

Les chercheurs du MRI se sont beaucoup intéressés aux paradoxes du type « cette phrase est fausse » ou bien « je suis un menteur ». Ils y ont presque toujours trouvé une rencontre entre des éléments d'un ordre différent, une confusion entre la langue et la métalangue. Un bon exemple en est donné par la comparaison entre les deux affirmations suivantes : « Chicago est une ville américaine » et « Chicago est trisyllabique ». La première est cohérente car l'ensemble de la phrase reste sur le même plan. La seconde est illogique (ou faudrait-il dire alogique ?) car le sujet n'est pas la ville de Chicago (le contenu du mot) mais le mot « Chicago » (le contenant). Il aurait d'ailleurs fallu écrire : « *Chicago* est trisyllabique », indiquant par l'italique que le sujet n'était pas le concept désigné mais le mot lui-même.

Dès lors qu'il existe des confusions entre une langue et une métalangue (c'est-à-dire une langue qui parle d'elle-même), tous les paradoxes sont possibles, et nous suggérons que le paradoxe de l'information négative peut certainement recevoir une solution inspirée de cette considération.

*

On le voit, les utilisations conceptuelles de la théorie de l'information débordent assez largement son cadre d'origine et permettent aux notions définies par Shannon de jouer un rôle important dans plusieurs des débats épistémologiques majeurs de la fin du XXe siècle. C'est probablement ce type d'utilisations, d'ailleurs, qui ont le plus largement contribué d'abord à populariser la théorie, puis à susciter la féroce critique qui s'est abattue sur elle.

Or, au-delà de cette exploitation la plus visible de ses concepts, c'est aussi sur un plan beaucoup plus pratique que la théorie de l'information a pu à l'occasion apporter sa contribution. C'est l'étude de ces différents apports opératoires qui constituent l'objet du prochain chapitre.

4. La théorie de l'information : pour quoi faire ?

Une vocation d'origine toujours actuelle : la compression de données

Le développement informatique et les télécommunications constituent le premier débouché historique de la théorie, et le plus naturel aussi quand on se souvient de l'objectif initial poursuivi par Shannon, ainsi que de sa formation d'ingénieur. Or les enjeux économiques liés à la compression des données (qui rend possible, au même titre que le progrès des moyens physiques de transmission des signaux, le transport à bon marché des images et des sons) sont immenses.

Il est possible d'illustrer au travers d'un exemple chiffré la démarche générale adoptée par les chercheurs de ces disciplines, tout en gardant à l'esprit que l'avancement de leurs travaux les conduit aujourd'hui à travailler à un tout autre niveau de sophistication et avec bien d'autres outils que ceux fournis par la théorie de l'information à un niveau élémentaire. Pour aller au plus simple, nous allons nous intéresser à la transmission d'un message écrit dans un alphabet ne comportant que deux symboles, *a* et *b*, utilisés selon la loi de probabilité suivante :

$$P(a) = 0{,}7 \qquad P(b) = 0{,}3$$

L'entropie d'une telle loi, qu'on peut appeler entropie de la source, est de :

$$H_{source} = 0{,}7 \,.\, \log 1/0{,}7 + 0{,}3 \,.\, \log 1/0{,}3 = 0{,}881 \text{ bit}$$

Supposons maintenant qu'on veuille transmettre un message formé d'une suite de *a* et de *b* au moyen d'un canal binaire qui ne permet de transmettre que des *0* et des *1*. Il faudra établir une application de l'ensemble des symboles de l'alphabet source (*a* et *b*) dans l'ensemble des symboles de l'alphabet code (*0* et *1*) pour que le message puisse être effectivement transmis. Cette application s'appelle un *code*.

Le code le plus évident consiste à établir une correspondance directe, c'est-à-dire à faire correspondre *a* à *0* et *b* à *1*, par exemple. Cependant, procéder de la sorte conduit à limiter arbitrairement à l'entropie de la source la quantité d'information véhiculée par le canal, alors qu'il est en général possible d'améliorer sensiblement cette performance.

Dans le cas qui nous préoccupe, il est évident que c'est la trop grande disparité entre les probabilités des *a* et des *b* (0,7 contre 0,3) qui limite l'entropie de la source. Or, cette disparité s'organise différemment quand on observe non plus les symboles considérés isolément, mais les ensembles de plusieurs symboles en tant que groupes. Ainsi, les probabilités d'apparition des paires *aa, ab, ba* et *bb* sont respectivement 0,49, 0,21, 0,21 et 0,09. Dès lors, un peu d'astuce permet de définir un code plus efficace que le précédent. Soit par exemple le code suivant :

aa (probabilité = 0,49) ⟶ *0*
ab (probabilité = 0,21) ⟶ *11*
ba (probabilité = 0,21) ⟶ *100*
bb (probabilité = 0,09) ⟶ *101*

Notons au passage qu'un tel code est dit *non ambigu* car il n'y a qu'une seule manière de faire la lecture d'une série codée, ce qui n'est pas le cas de tous les codes (par exemple le code *aa* → *0*, *ab* → *10*, *ba* → *00*, *bb* → *01* est ambigu car le message *010100* peut être interprété de différentes manières : *0-10-10-0*, *01-01-00* ou *01-01-0-0*, entre autres). Or, ce code semble bien plus efficace que le précédent, car les événements les plus probables de la source sont bel et bien codés par les suites de signes les plus courtes. Mais comment est-il possible de mesurer avec précision le surcroît d'efficacité d'un tel code ?

Pour cela, il est nécessaire d'utiliser un certain nombre de notions quantitativement définies, et en particulier la notion de longueur, ainsi que les notions complémentaires d'efficacité et de redondance d'un code.

La *longueur L* d'un code est par définition donnée par la formule :

$$L = \Sigma_i p_i . l_i$$

où p_i désigne la probabilité d'apparition du symbole i dans l'alphabet source et l_i la longueur du jeu de symboles de l'alphabet code qui lui correspond.

On appelle *efficacité y* d'un code le nombre de bits transmis par symbole de l'alphabet code, soit :

$$y = H/L$$

où H désigne l'entropie des symboles de la source et L la longueur précédemment calculée. Dans le cas général d'un alphabet code à *n* symboles, le nombre maximal de bits transmis par symbole, y_{max}, est atteint pour l'équiprobabilité générale des signaux transmis, et on a alors :

$$y_{max} = \log n$$

Ce qu'on appelle la *redondance R* d'un code est la quantité donnée par la formule suivante :

$$R = y_{max} - y$$

Cette quantité représente ce qui, dans un code, est répétitif, attendu, donc non porteur d'information, et qui à ce titre écarte le code de l'état optimal de permanente équiprobabilité d'apparition des symboles dans le canal. En d'autres termes, dès qu'on est en mesure d'attendre un symbole plutôt qu'un autre dans le canal – et cette attente peut prendre place à la suite de l'apparition de séries plus ou moins longues –, on a le signe infaillible que le code utilisé n'est pas le meilleur.

Dans l'exemple développé plus haut, supposons qu'on retienne en premier lieu le code le plus simple (qui associe *0* à *a* et *1* à *b*). On a alors :

$$L = 0{,}7 . 1 + 0{,}3 . 1 = 1$$

Et on a donc une efficacité du codage de :

$$y = 0{,}881/1 = 0{,}881 \text{ bit/symbole binaire}$$

et une redondance de :

$$R = 1 - 0{,}881 = 0{,}119 \text{ bit/symbole binaire}$$

Mais si on retient au contraire le code plus élaboré (*aa* → *0*, *ab* → 11, *ba* → *100*, *bb* → *101*), on obtient :

$$L = 0{,}49 . 1 + 0{,}21 . 2 + 0{,}21 . 3 + 0{,}09 . 3$$
$$= 1{,}81 \text{ symbole binaire par message de deux symboles de l'alphabet source}$$

$$H = 0{,}49 . \log 1/0{,}49 + 0{,}21 . \log 1/0{,}21 + 0{,}21 . \log 1/0{,}21 + 0{,}09 . \log 1/0{,}09$$
$$= 1{,}76 \text{ bit par message de deux symboles de l'alphabet source}$$

L'efficacité s'est donc améliorée à :

$$y = 1{,}76/1{,}81 = 0{,}97 \text{ bit par symbole binaire}$$

Autrement dit, on a réussi (au prix d'une petite complication, il est vrai) à réduire la redondance du code de 12 à 3 % et à améliorer en proportion la performance de la transmission d'information. Cette amélioration est la traduction concrète du premier théorème de Shannon, qui stipule qu'en codant les symboles de l'alphabet source par *n* et en prenant *n* suffisamment grand, il est toujours possible de trouver des codes aussi voisins qu'on le souhaite de l'efficacité maximale (1 bit par symbole transmis dans le cas d'un canal binaire).

Depuis que ce théorème a été énoncé, de nombreux algorithmes de codage ont été proposés, dont les plus fameux sont ceux de Huffman et de Fano, qui portent en général sur la meilleure façon de découper un espace probabilisé en parties sensiblement égales. Mais ce sont ici d'autres préoccupations et d'autres opérateurs qui se substituent à ceux de la théorie de l'information pour alimenter les calculs des chercheurs.

D'une certaine manière, les principes de la théorie de l'information se retrouvent également dans les procédures les plus répandues de compression de fichiers d'images numérisées, qu'il s'agisse d'images fixes ou animées. Dans une séquence vidéo par exemple, on sait qu'une image donnée est en général très proche de l'image qui précède. Seule une petite fraction est susceptible de changer. Dès lors, les systèmes de compression les plus efficaces sont ceux qui codent non pas chaque image dans sa totalité, mais chaque image en fonction de celle qui précède, utilisant ainsi implicitement le principe fondamental de non-redondance. En ce qui concerne les images fixes, chaque pixel ressemblant en général aux pixels avoisinants, il est avantageux de coder des différences plutôt que des données intégrales pour évacuer là aussi la redondance de l'information d'origine.

D'une manière générale, pour développer de tels systèmes de codage, que ce soit pour des images numérisées ou pour des séries de symboles, on aurait certes pu ignorer la théorie de l'information et procéder simplement de manière intuitive. Mais le fait d'avoir pu disposer de cette théorie en tant que réservoir conceptuel a cependant servi à mieux formaliser les problèmes posés, donc à mieux les résoudre. On peut donc bel et bien affirmer que la théorie de l'information a joué, et joue toujours, un rôle central dans l'amélioration des procédures de compression de l'information numérique sous toutes ses formes.

Une nouvelle approche possible de certains problèmes de logique

La dimension technique de la théorie de l'information surgit à nouveau quand on cherche à utiliser les mesures shannoniennes dans le domaine des problèmes de logique. Il est en effet dans quelques cas possible de s'aider de certaines valeurs informationnelles pour mieux comprendre le chemin qui mène de l'énoncé d'un problème jusqu'à sa solution. Georges Cullmann[1] propose deux exemples de problèmes qu'il est intéressant d'examiner de la sorte.

Le problème du condamné à mort

Un prisonnier condamné à mort se voit offrir une chance d'être gracié. Il faut pour cela qu'il détermine laquelle des deux portes de sa cellule conduit vers la liberté (l'autre conduit vers l'échafaud). Il est entouré de deux gardiens dont l'un dit toujours la vérité, et l'autre ment toujours, et il ne lui est accordé que de poser une question à laquelle il sera répondu par « oui » ou par « non ».

L'analyse de ce problème par la théorie de l'information est la suivante : avant la question et en l'absence d'indication, la seule possibilité est de choisir au hasard. L'entropie du choix est donc de :

$$H_{choix\ avant\ question} = 0{,}5 . \log 2 + 0{,}5 . \log 2 = 1\ bit$$

Le condamné souhaiterait que la réponse à sa question détermine avec certitude la porte qui mène à la liberté. Il souhaite donc que l'entropie du choix après la question soit nulle.

$$H_{choix\ après\ question} = 0\ bit$$

Or, on a :

$$H_{choix\ avant\ question} = H_{question} + H_{choix\ après\ question}$$

1. Georges Cullmann, *Théorie de l'information*, fiche H-1020, *Sciences et Techniques de l'ingénieur*, 1970, 1-10, p. 6.

Si l'on remplace la notation *H* par le mot *incertitude*, cette équation se comprend intuitivement. Mathématiquement, cette égalité utilise le principe d'additivité des informations indépendantes. On suppose ici que le prisonnier saura tirer tout l'enseignement possible de la réponse qui sera faite à sa question (ce qui garantit à ce moment-là l'indépendance de cette information et de l'incertitude demeurant pour le choix).

Il est donc nécessaire que :

$$H_{question} = 1 \text{ bit}$$

Il faut donc qu'il pose une question dont les réponses soient équiprobables. Il s'agit là d'une condition nécessaire mais pas suffisante. Il faut bien sûr en plus que la question soit pertinente. Mais nous avons vu que, sur ce plan-là, la théorie de l'information n'est d'aucun secours.

La question : « Si je demande à l'autre gardien si cette porte conduit à la liberté, que me répondra-t-il ? », posée à l'un quelconque des deux gardiens, remplit cette condition. Si la réponse est « non », il faut sortir par la porte désignée, sinon par l'autre. Dans tous les cas, l'indication est contraire à la vérité puisque le produit d'un mensonge et d'une vérité est un mensonge, tout comme la multiplication d'un entier positif avec un entier négatif est toujours négatif.

On peut noter que, à l'inverse, la question : « Dites-vous la vérité ? » est d'une entropie nulle, puisque dans tous les cas elle conduit à la réponse « oui » (un menteur ment, ce qui est conforme à son principe, en prétendant être honnête, et ce mensonge le rend impossible à distinguer d'une personne honnête qui prétend exactement la même chose). Elle n'apporte donc aucune information à celui qui la pose.

L'avare

Autre problème : celui d'un avare qui possède 26 pièces d'or dont l'une est fausse et pèse moins que les autres. Il dispose d'une balance à plateaux et souhaite localiser cette pièce en un minimum de pesées. Combien de pesées sont nécessaires à cette localisation ?

Le problème consiste à déterminer avec certitude (il faudra donc aller jusqu'à la nullité de l'entropie) quelle est la pièce fausse parmi 26 possibilités *a priori* équiprobables (entropie avant les pesées = *log 26 = 4,7 bits*). Chaque pesée peut aboutir à trois résultats différents (balance équilibrée, ou bien déséquilibrée, d'un côté ou de l'autre). Au maximum, chaque pesée réduit l'entropie de *log 3 = 1,6 bit*. Ce maximum n'est pas toujours atteint, car il suppose que les trois résultats sont équiprobables, ce qui ne peut être toujours le cas – en particulier quand la fausse pièce se trouve dans un tas dont le cardinal n'est pas divisible par 3. Cependant, il suffit de 3 pesées pour arriver à résoudre le problème, puisque $3.\,1{,}6 > 4{,}7$.

Sur le plan pratique, la solution consiste à placer 9 pièces sur chacun des plateaux. Le plateau le plus léger contient la fausse pièce parmi 9 (si les plateaux sont équilibrés, la fausse pièce est parmi 8 dans le tas restant et la suite des opérations est similaire). On sépare ces 9 pièces en 3 tas de 3 pièces. On place un tas sur chaque plateau. La fausse pièce est parmi les 3 du tas le plus léger (ou, bien sûr, dans le tas restant si les plateaux sont équilibrés), et la troisième et dernière pesée suffit à la localiser avec certitude.

Ce problème est l'exemple type d'une situation dans

laquelle les instruments de la théorie de l'information peuvent intervenir d'une façon aussi efficace qu'inattendue.

Un outil supplémentaire pour la statistique descriptive

Dans les années 1950, les chercheurs en psychométrie ont découvert un nouvel usage très important à la théorie de l'information : il s'agissait de l'utiliser comme mesure d'hétérogénéité d'un ensemble de données quand les traditionnelles mesures de distance étaient contradictoires ou inopérantes. Le célèbre psychologue George A. Miller résume au mieux le sens de cette fonction : « La quantité d'information est exactement le même concept que celui que nous avons désigné depuis des années sous le nom de variance. Les équations sont différentes, mais si nous nous en tenons à l'idée que tout ce qui augmente la variance augmente aussi l'information, on ne peut guère s'éloigner de cette idée [2]. »

Observons comment les différentes mesures de l'information peuvent être appliquées à un cas simple pour les besoins de la démonstration : soient *X* et *Y* l'émetteur et le récepteur d'un message utilisant 5 symboles ; supposons que la distribution des symboles émis et reçus soit la suivante (*tableau 12)*.

Grâce à une table de données comme celle-ci, on peut facilement calculer l'entropie de l'émetteur, du récepteur, l'équivoque, l'ambiguïté et la transinformation.

2. George A. Miller, « The Magical Number Seven, Plus or Minus Two : Some Limits on Our Capacity for Processing Information », *Psychological Review*, 63, mars 1956, 81-97, p. 81.

Tableau 12.
Tableau de contingence croisant émission et réception de symboles

		x (symbole émis par *X*)						
		1	2	3	4	5	Total	
y (symbole reçu par *Y*)	1	18					18	$H(y) = 2{,}318$
	2	1	18				19	
	3	1	1	19			21	
	4		1	1	19	1	22	
	5				1	19	20	
	Total	20	20	20	20	20	100	
		$H(x) = 2{,}322$						

On a ici :
– équivoque = $H(X/Y) = 0{,}403$ *bit* ;
– ambiguïté = $H(Y/X) = 0{,}399$ *bit* ;
– transinformation = $T(X,Y) = 1{,}919$ *bit.*

On peut alors suggérer la représentation graphique suivante (*figure 7*, p. 128), et remarquer sur ce schéma que la transinformation de *X* vers *Y* est la même que celle de *Y* vers *X* [3]. Pour cette raison, on peut aussi bien appeler la transinformation « association » ou « information partagée » de deux variables. Or, si on rappelle que la transinformation est nulle quand *X* et *Y* sont indépendantes et qu'elle est maximale quand la dépendance entre les deux est parfaite (sans rien présupposer d'un sens de causalité), on sent intuitivement qu'elle peut être utilisée comme un indicateur de liaison au

3. $T(y,x) = H(y) + H(x) - H(y,x) = H(x) + H(y) - H(x,y) = T(x,y)$.

Figure 7.
Figuration visuelle des différentes mesures de l'information

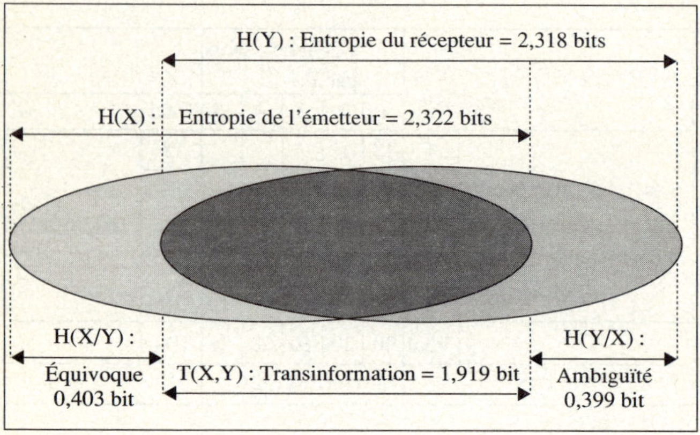

même titre que l'analyse de la variance ou bien le test du χ^2.

Ce type d'analyse peut d'ailleurs également être opérée avec plus de deux variables, puisqu'il suffit dans tous les cas de rapporter des effectifs de cellules à des totaux de lignes ou de colonnes. L'analyse de l'incertitude (c'est ainsi qu'on appelle l'application des formules de la théorie de l'information à l'analyse des données) peut alors être utilisée comme une alternative à l'analyse de la variance dans le cas le plus général.

Dans le cas le plus simple d'une analyse bivariée, où les variations d'une variable dépendante *y* sont observées en fonction d'une variable indépendante *x*, l'analyse de la variance utilise la formule :

$$V(y) = \Sigma_k \, (n_{.k}/n).\, (y_k - Y)^2$$

et l'analyse de l'incertitude calcule pour sa part simplement :

$$H(y) = \Sigma_k \, (n_{.k}/n). \log (n/n._k)$$

Toutes les formules classiques de l'analyse de la variance (variance totale, conditionnelle, variance d'erreur, etc.) ont d'ailleurs leurs homologues en analyse de l'incertitude. Ces homologues sont toujours inspirées de la formule qui précède : la somme des carrés des écarts du critère à la moyenne (indice de distance métrique) est toujours remplacée par le logarithme de la fréquence relative (quantité d'information non métrique). Pour plusieurs distributions connues (principalement la distribution normale et la distribution homogène), *H* est d'ailleurs directement proportionnelle à la variance.

La principale différence entre les deux techniques tient à ce que l'analyse de la variance se fait obligatoirement dans l'unité de référence des quantités mesurées (mètres, grammes, etc.), alors que la quantité d'information est pour sa part une quantité sans dimension. On peut donc grâce à elle travailler sur des situations plus variées où il n'existe aucun espace de référence métrique, n'importe quelle distribution discrète s'avérant suffisante. La théorie de l'information offre de ce fait l'avantage spécifique de permettre des comparaisons sur des données provenant d'espaces différents.

Un instrument de mesure central en psychologie expérimentale

Pour autant, ce n'est pas en statistique que la théorie de l'information a été le plus utilisée. En fait, le sommet de sa popularité a plutôt été atteint en psychologie expérimentale dans les années 1950. Les revues scientifiques de l'époque montrent d'ailleurs bien à quel point les mesures de quantité d'information, d'entropie et de transinformation étaient en peu d'années devenues de véritables *must* de la discipline, subitement omniprésentes avant de disparaître quelques années plus tard presque aussi rapidement qu'elles étaient apparues.

Dans cette discipline, la théorie de l'information a essentiellement été utilisée pour tenter de répondre à la question suivante : quelle quantité d'information un cerveau humain est-il capable de traiter ? Mais, face à l'étendue du problème posé, les protocoles expérimentaux se sont en fait assez rapidement concentrés sur la dimension sensorielle, et la question est alors devenue : quelle quantité d'information un cerveau humain est-il capable de traiter en provenance de ses sens ? Le sens visuel a été le plus étudié, mais l'ouïe et à un moindre degré le goût ont aussi fait l'objet de plusieurs publications.

Les protocoles utilisés, d'une conception assez répétitive, mettaient le plus souvent les sujets de l'expérience en position de percevoir un certain nombre de stimuli et de répondre à ces stimuli au moyen d'un appareillage technique. Par exemple, les sujets pouvaient assister à la projection d'une série de diapositives, chacune représentant un disque de couleur grise d'un ton plus ou moins foncé, et ils devaient chercher à évaluer ce ton en manipulant une réglette crantée ou bien en poussant l'un des boutons placés devant eux (on parle de jugement absolu, par opposition au jugement relatif, quand les stimuli sont présentés les uns après les autres, et non simultanément les uns à côté des autres).

L'expérience consistait le plus souvent à faire varier à la fois le nombre des stimuli possibles, ainsi que le nombre des réponses possibles, de manière à observer à partir de quel moment les sujets commençaient à les confondre, mettant ainsi en évidence leurs limites à traiter l'information reçue. Par exemple, on utilisait quatre tons de gris différents, puis huit, puis douze, puis vingt, etc., en donnant chaque fois le nombre de réponses possibles correspondant.

Si la plupart de ces expériences ont connu un grand succès, c'est qu'elles ont montré qu'une limite proche de six catégories était atteinte assez rapidement pour les jugements absolus, et cela indépendamment du canal sensoriel étudié. Autrement dit, soumis à des stimuli successifs, le cerveau humain ne semble guère capable de les classer en plus de six ou sept rubriques différentes, sauf à risquer de les confondre les uns avec les autres.

Comme la quantité d'information calculée dans ces expériences l'était toujours dans les termes de Shannon, les équipes scientifiques ont donc successivement publié des articles de recherche qui montraient que la capacité limite de traitement humain de l'information était de 2,3 bits pour la tonalité d'un gris plus ou moins foncé, de 3,2 bits pour un nombre de points alignés, de 2,2 bits pour la taille d'un carré, de 2,5 bits pour la tonalité d'une note de musique, de 2,3 bits pour un volume sonore, de 1,9 bit pour une solution saline, etc.

Ces limites, comprises entre 2 et 3 bits, correspondant à peu près à la capacité à distinguer six ou sept catégories, les chercheurs ont rapidement été conduits à un rapprochement avec la limite bien connue de la capacité de la mémoire à court terme, qui est exactement du même ordre de grandeur (par exemple, si on cite à un sujet quelconque une liste de différents objets n'ayant aucun rapport les uns avec les autres, il retiendra facilement les cinq ou six, voire les sept premiers, mais ensuite, il faudra nécessairement qu'il en oublie pour pouvoir garder les suivants en mémoire).

Miller a alors eu l'idée de montrer que le nombre d'objets mémorisés était indépendant du contenu informationnel de chaque objet. Un sujet normal peut en effet retenir une suite d'environ sept symboles binaires aléatoires (correspondant à un contenu informationnel total de 7 bits), mais également une suite d'environ sept chiffres sélectionnés aléatoirement (correspondant cette fois à un contenu informationnel total de sept fois *log 10*, soit environ 23 bits) ou une suite d'environ sept lettres de l'alphabet (environ 33 bits).

Ce constat ayant conduit à la formalisation de la règle selon laquelle le recodage est à la base de l'amélioration des capacités mnémoniques de tout individu, il est resté d'une grande importance dans l'histoire de la psychologie cognitive. Or, même si on l'a un peu oublié aujourd'hui, c'est là encore la théorie de l'information qui a rendu possible l'élaboration et la validation quantitative de cette règle.

L'utilisation du concept de néguentropie pour caractériser la nature de la vie

La vie est la conservation du possible.
Paul Valéry.

La recherche en biologie accorde elle aussi une place essentielle à la théorie de l'information. Le fichier national des thèses françaises (toutes disciplines confondues) renvoie d'ailleurs principalement à des thèses de biologie quand on lui soumet le terme clé « théorie de l'information », à tel point qu'il existe un descripteur spécialisé croisant le terme clé et ce champ particulier. L'origine en est peut-être due à Jacques Monod, qui, dans son fameux ouvrage de vulgarisation *Le Hasard et la Nécessité*, a eu l'occasion de consacrer de longs passages aux problèmes d'information et de bilan énergétique en biologie.

Au moment de la publication de ce livre, le monde vivant était cependant déjà depuis longtemps perçu comme une hérésie du point de vue du deuxième principe de la thermodynamique. On assistait en effet, en retraçant le cours de l'évolution naturelle des espèces, à une progression manifeste vers un ordre complexe qui était en pleine contradiction avec le deuxième principe de la thermodynamique, qui fait pour sa part tendre l'entropie du monde vers son maximum et devrait de ce fait pousser la nature vers plus d'uniformité et plus d'égalité. A partir de là, deux options étaient envisageables : soit le monde vivant était considéré strictement du point de vue de sa nature physique – mais alors, la contradiction demeurait ; soit on acceptait de faire appel à un principe extérieur qui, caractérisant la vie, permettait de sortir de l'impasse en justifiant (d'une manière métaphysique – au-delà de la physique – au sens strict) cette évolution néguentropique.

Lors de son apparition, la théorie de l'information ouvrit une troisième voie. En considérant l'organisation du monde vivant comme la manifestation physique de son information (« in-former » signifie aussi « mettre en forme »), on pouvait admettre que la spécificité du vivant ne tenait pas à une faculté métaphysique à inverser le sens des évolutions entropiques, mais à une faculté bien physique à transformer de l'énergie en information. Après tout, le monde vivant n'est pas énergétiquement isolé du monde physique, et il est donc possible que les organismes biologiques puisent à volonté dans l'énergie alentour la substance de leur complexité. Monod rapporte à ce sujet l'expérience suivante :

« Prenons un millilitre d'eau, contenant quelques milligrammes d'un sucre simple, tel le glucose, ainsi que des sels minéraux comprenant les éléments essentiels entrant dans la composition des constituants chimiques des êtres vivants. Ensemençons dans ce milieu une bactérie de l'espèce *Escherichia coli*, par exemple [...]. En l'espace de 36 heures, la solution contiendra plusieurs milliards de bactéries. Nous constaterons que 40 % du sucre a été converti en constituants cellulaires, alors que le reste a été oxydé en CO_2 et H_20. En effectuant toute l'opération dans un calorimètre, on peut déterminer le bilan thermodynamique de l'opération et constater que, comme dans le cas de la cristallisation, l'entropie de l'ensemble du système (bactéries + milieu) a augmenté d'un peu plus que le minimum prescrit par le deuxième principe. Ainsi, tandis que la structure extrêmement complexe que représente la cellule bactérienne a été non seulement conservée mais multipliée plusieurs milliards de fois, la dette thermodynamique qui correspond à l'opération a été dûment réglée.

« Il n'y a donc aucune violation définissable ou mesurable du deuxième principe [4]. »

Les micro-organismes (et à l'échelle humaine les macro-organismes) fonctionnent en somme comme des

4. Jacques Monod, *Le Hasard et la Nécessité*, *op. cit.*

démons de Maxwell autonomes : ce sont des transformateurs d'énergie en information. A ce titre, on peut dire qu'ils agissent localement comme des « machines à remonter le temps » – le mot est de Monod –, en ce sens qu'ils éloignent l'univers de sa position finale, vers laquelle il tend naturellement et dans laquelle tout sera uni. On pourrait même ajouter que certains de ces démons semblent particulièrement bien réglés si l'on s'en tient à l'excellent taux de transformation énergie/information rapporté dans l'expérience décrite plus haut.

Si l'on ne peut toujours pas répondre à la question : « Pourquoi le vivant crée-t-il de l'ordre ? », on peut donc désormais au moins suggérer une réponse à la question : « Comment le vivant crée-t-il de l'ordre ? » Et même si la discussion reste largement ouverte, on peut dire que, là encore, les concepts de la théorie de l'information ont apporté, et apportent toujours, une contribution essentielle à l'évolution du débat.

Une méthode d'analyse utile pour la linguistique

L'entropie s'est immédiatement révélée un concept particulièrement bien adapté à l'étude des langues. Que l'on travaille sur des lettres ou sur des mots, chaque symbole utilisé peut en effet être assimilé à un événement élément d'un ensemble fini (alphabet ou vocabulaire) doté d'une certaine probabilité d'apparition. Mais ce qui rend la théorie de l'information véritablement applicable à la linguistique, c'est que toute langue est assimilable à un système dit « ergodique », ce qui signifie qu'au sein de ce système il existe une certaine constance statistique. Bien sûr, cette constance ne s'observe pas au niveau de la simple apparition des lettres (par exemple, en français, l'apparition d'un *c* augmente considérablement la probabilité d'apparition d'un *h*), mais à un niveau plus élevé.

La théorie de l'information ne s'est donc pas attachée uniquement à étudier la langue en dénombrant les symboles alphabétiques séparément. Ou plutôt, cette étude n'a été qu'un préalable qui a ensuite conduit à des recherches plus sophistiquées. Ces recherches ont permis d'évaluer précisément le niveau de redondance des langues les plus utilisées. Nous avons par exemple déjà vu que Shannon a pu évaluer la redondance de la langue anglaise à environ 75 %, chaque lettre convoyant un peu plus de 1 bit d'information seulement, au lieu des 4,7 bits possibles ($log\ 26 = 4{,}7$).

D'une façon générale, on peut dire que l'entropie d'une langue est la mesure de sa capacité à créer rapidement des images ou des concepts aussi précis que variés. Une langue entropique est une langue disposant d'un vocabulaire riche, aux mots nettement différenciés. Une langue peu entropique est une langue pauvre et répétitive de surcroît. La langue utilisée dans le théâtre de Racine, réduite à un très petit nombre de mots (300 mots principaux), est par exemple une langue – intentionnellement – peu entropique, qui ne tire alors sa puissance que de la combinatoire.

Sur la base de ce type de considérations, il est possible d'entreprendre des opérations de mesure et de classification des différents dialectes ou langues connus et d'organiser des comparaisons entre eux ou avec d'autres moyens de communication.

De nouveaux concepts pour la réflexion sur le fait artistique

Cependant, la langue, qu'elle soit écrite ou parlée, n'est pas le seul vecteur d'information disponible pour l'homme. D'une manière générale, toutes les activités artistiques le sont également et peuvent à ce titre être analysées, bien que d'une façon parfois plus métaphorique que scientifique, au moyen des concepts de la théorie de l'information.

Prenons l'exemple de la peinture. En matière visuelle, notre finesse de perception semble extraordinairement élevée puisqu'un œil humain est capable de distinguer de 3 à 4 millions de nuances de couleurs (en jugement relatif, c'est-à-dire quand les couleurs sont présentées côte à côte). Si l'on prend également en compte la finesse de détail d'un tableau, on obtient des capacités de transport d'information exceptionnelles pour cette forme d'expression artistique. Même en prenant pour base seulement 100 000 points et 10 couleurs, on a en effet tout de même la quantité colossale de $10^{100\,000}$ représentations possibles, nombre qui dépasse de loin celui des atomes qui composent l'univers connu.

Cependant, cette approche est simpliste. Le contenu informationnel d'une représentation picturale varie en effet considérablement selon les endroits. Par exemple, les angles et les intersections sont des lieux de haut contenu informationnel, ce qui n'est pas le cas des zones de couleur homogène. L'ensemble des possibles calculés plus haut est donc largement surévalué, car, en fait, il n'est pas possible de représenter n'importe quoi : par exemple, un chaos de points de couleurs variées sans lien entre eux (facile à générer par ordinateur) ne se réduit finalement qu'à un magma grisâtre dépourvu d'intérêt.

Néanmoins, il est clair que, d'une manière générale, plus on se donne de contraintes et plus le contenu informationnel d'une production s'affaiblit. Par exemple, un poème en alexandrins possède en principe moins de pouvoir informatif qu'un poème en prose – la preuve, on peut souvent deviner le mot qui crée la rime, ce qui suffit à montrer son caractère redondant. Mais, d'un autre côté, une création effrénée qui multiplierait les détails contradictoires et complexes sans aucun souci d'harmonie – et l'harmonie n'est-elle pas en partie déterminante et réductrice ? – risquerait de produire une œuvre tout simplement incompréhensible. Le message porteur d'une information optimale semble donc se situer quelque part entre ces deux extrêmes : le trop complexe pour être compris, c'est-à-dire pris dans sa totalité, et l'insuffisamment complexe, qui n'apprend en définitive rien.

Le jeu du cadavre exquis, amusement littéraire à la mode chez les premiers surréalistes et qui consistait à bâtir un récit autour de mots choisis indépendamment les uns des autres, en fournit un exemple intéressant. Les rencontres inopinées de mots, qui sont autant d'explorations du potentiel entropique de la langue, sont parfois curieusement porteuses de sens. Dans sa célèbre formule « beau comme la rencontre d'un parapluie et d'une machine à coudre sur une table de dissection », Lautréamont a par exemple certainement souhaité attirer notre attention sur la puissance esthétique inquiétante de ces productions de l'inattendu (peut-être moins inattendues, d'ailleurs, qu'on ne le pense).

Bruno Lussato indique très justement :

« Pour autant que l'on considère l'œuvre d'art comme essentiellement novatrice (par opposition à l'artisanat), l'on constate que le créateur est un producteur d'information à la fois improbable (car nouvelle) et spécifique (excluant une substitution). Il est aujourd'hui admis que l'émission de l'œuvre se fait par une itération constante entre les processus de contrôle de cohérence et de filtrage ("nécessité intérieure" de Kandinsky) et des processus de création d'alternatives nouvelles dépassant le référentiel culturel. Cette extension du champ des possibles s'opère par diverses voies : injection de hasard dans le référentiel (Max Ernst) ; introduction de représentations incongruentes entre elles et d'associations improbables (surréalisme) ; exploitation d'apports théoriques divers (théorie de Chevreul chez Seurat ou Signac) ou, enfin, destruction des liens spécifiques d'une représentation ayant usé leur néguentropie et étant tombés dans la convention (iconoclastie de Dada et Duchamp ; caractère révolutionnaire des avant-gardes) [5]. »

On retrouve là un processus qui alterne mutations hasardeuses et nécessité organisatrice, à la manière de l'évolution naturelle des espèces (théorie de Darwin) ou du processus du *brain-storming*, dans lequel on laisse libre cours à la créativité débridée (pseudo-hasard néguentropique) avant de sélectionner les hypothèses les plus cohérentes (pseudo-nécessité limitant l'expansion néguentropique).

Suivant l'acception la plus évidente, la recherche

5. Bruno Lussato, *Théories de l'information et Processeur humain*, Paris, Jean Favard, 1980, p. 43.

esthétique pourrait donc être définie comme celle du point le plus entropique encore pourvu de sens. Mais ce serait confondre un peu vite la qualité de l'œuvre avec son volume informationnel. Or une telle assimilation conduirait à tenir pour négligeables l'ensemble des œuvres à « contraintes » (poésie rimée, musique harmonique, théâtre épuré, etc.), dont certaines comptent pourtant manifestement parmi les plus importantes de l'histoire de l'art.

Certains mouvements artistiques ont d'ailleurs érigé la contrainte en système pour la placer au cœur même de la production artistique. L'Oulipo (Ouvroir de littérature potentielle), créé par François Le Lionnais et Raymond Queneau en 1960, en est un exemple typique. Que l'on songe au roman de Georges Perec, *La Disparition*, entièrement bâti, dans le fond et la forme, sur l'absence de la plus nécessaire des lettres de l'alphabet en langue française, la lettre *e* ; ou encore à l'un des recueils les plus célèbres de Queneau, *Cent Mille Milliards de poèmes*, dont le seul titre montre bien à quel point les notions de dénombrement, de combinatoire et de probabilités sont au centre de la démarche oulipienne.

Cependant, les artistes de l'Oulipo, dont la démarche est principalement expérimentale, n'ont certainement pas la naïveté de croire que l'essence de leur art tient dans un simple rapport de probabilités. Si l'un des objectifs de la production artistique est en effet de rendre compte de la liberté du créateur face au monde, il ne faut pas conclure trop vite que cette liberté est proportionnelle à la génération de possibles toujours plus nombreux. C'est d'un jeu beaucoup plus subtil entre des contraintes toujours présentes, mais souvent variables, et une œuvre nécessairement singulière que naît l'émotion artistique. Dans certains cas, une production aussi simple qu'un rectangle uni peut s'élever au rang d'œuvre majeure si elle parvient à faire saisir au mieux ce rapport particulier entre l'artiste et le monde.

Dans cette perspective, si les outils de la théorie de l'information peuvent à l'occasion servir à éclairer certains aspects de la démarche artistique, ils ne peuvent en aucun cas servir à l'évaluer. Un usage approprié de ces outils ne saurait donc être que descriptif, et non pas normatif. Il pourrait consister à organiser des comparaisons entre différents médias artistiques dans une même catégorie. Un pianiste peut par exemple jouer un certain nombre de notes couvrant un certain nombre de gammes dans une certaine durée, et ces paramètres peuvent être différents pour un joueur de guitare, de trompette ou – cas extrême de faible entropie – de triangle. D'un point de vue entropique qui ne prendrait en compte que les caractéristiques objectives d'un morceau (celles retenues pour la notation musicale), le piano semble d'ailleurs insurpassable du fait de son exceptionnelle ergonomie. Le style musical étudié revêt également une certaine importance : un menuet, par exemple, n'étant qu'une déclinaison quasi automatique à partir d'un thème donné, la plupart de ses notes ne constituent qu'une répétition peu surprenante à partir de la trame originale (il n'est d'ailleurs pas étonnant qu'un anonyme ait décrit dès la fin du XVIIIe siècle une procédure automatique de production de menuets, créant ainsi le premier algorithme d'intelligence artificielle). Par opposition, certains morceaux de jazz ou de musique contemporaine, qui sont en permanence surprenants, développent un potentiel entropique incomparablement supérieur. Parfois même ce potentiel est trop important, et les morceaux risquent de devenir fatigants (on ne peut plus les écouter sans se concentrer intensément), voire incompréhensibles. On peut d'ailleurs formuler l'hypothèse que c'est ce type de phénomènes qui a empêché la popularisation du dodécaphonisme.

Comme on le voit, ce n'est pour l'essentiel qu'un rôle de fournisseur de concepts, parfois assez lointain, que la théorie de l'information joue dans l'évaluation artistique. Son rôle instrumental s'effaçant devant la richesse des notions théoriques qu'elle permet d'apporter au débat, c'est d'ailleurs aussi un domaine où son caractère abstrait prête parfois à contestation, entretenant ainsi le débat polémique quant à son utilisation hors de son domaine d'application d'origine.

*

Au-delà de toutes ces utilisations « disciplinaires » dont elle a pu faire l'objet, on pourrait encore signaler que la théorie de l'information entretient des liens étroits avec d'autres grandes théories modernes à vocation générale (théorie des systèmes et théorie des jeux notamment).

En ce qui concerne la Théorie générale des systèmes par exemple, la connexion se fait au niveau des concepts d'interface et de *feed-back*. C'est en effet grâce à la théorie de l'information que W. Ashby a pu énoncer son célèbre « principe de diversité nécessaire », qui stipule qu'un système rétroactif (par exemple un régulateur de Watt) est d'autant plus stable, d'autant plus disposé à résister aux perturbations extérieures qu'il est capable de transmettre une quantité d'information importante : un sous-marin ne sera capable de résister convenablement à la houle que s'il possède un système de transfert de lest suffisamment réactif (des tuyaux suffisamment larges). Or, la mesure précise de ces capacités de flux ne peut être effectuée que grâce aux formules de Shannon, dans les cas où le système se prête à la quantification.

Ce n'est là qu'un exemple supplémentaire de la diversité des utilisations possibles de la théorie de l'information, qui montre bien que cette théorie déborde largement de son espace d'application d'origine et peut être introduite dans des cas de figure d'une très grande variété. Cette propriété singulière, ajoutée à la sensibilité des questions qu'elle amène parfois à aborder, a fini par lui conférer le statut épistémologique rare de théorie parmi les plus transdisciplinaires et les plus débattues de la science moderne.

Conclusion

Véritable phénomène de mode en son temps, parfaitement définie par une date (1948), un homme (Shannon) et un environnement politique et social (le MIT, aux États-Unis), objet de tous les débats depuis, transdisciplinaire au-delà du raisonnable, portée au pinacle par les uns, vouée aux gémonies par les autres, la théorie de l'information constitue bel et bien l'un des principaux événements scientifiques du XXe siècle et l'une de ses principales occasions de débat.

Un demi-siècle après son apparition, on peut dire qu'elle a finalement autant déçu qu'elle a pu faire rêver, et qu'elle a suscité autant de désillusions que d'espoirs parfois exagérés. Ce qu'il en reste aujourd'hui se réduit d'ailleurs pour l'essentiel à un petit nombre de concepts d'autant plus usités qu'ils sont plus flous dans leur acception courante, même si Shannon leur avait initialement assigné une signification quantitative bien précise.

Ce constat un peu sombre ne doit cependant pas faire oublier les trois principaux aspects positifs de la théorie :

– Son père fondateur, Claude Shannon, n'est pas le responsable des excès et des exploitations abusives dont elle a pu faire l'objet. Sa contribution scientifique, bien que n'ayant pas atteint les objectifs un moment imaginés, reste empreinte de cette modestie et de cet esprit de mesure caractéristiques des plus grands.

– La théorie de l'information a effectivement servi – techniquement – à un certain nombre de calculs opérés dans des disciplines aussi différentes que l'informatique, la psychologie ou la statistique. Bien que, dans certains cas, d'autres opérateurs auraient aussi bien pu être choisis et que, dans d'autres cas, les opérateurs de la théorie de l'information aient montré leurs limites, il y a tout de même eu là une véritable contribution pratique à l'avancée de la science.

– Enfin, en tant que réservoir de concepts – et même si la tendance naturelle est de se focaliser sur ses déviations et ses excès –, la théorie de l'information a contribué, parfois sur un mode contradictoire, à faire avancer le débat scientifique en proposant, au-delà d'un simple vocabulaire, un véritable système de pensée cohérent et puissant.

Rétrospectivement, la question reste bien sûr ouverte de savoir si la théorie de l'information a fait davantage que simplement populariser un opérateur mathématique connu bien avant Shannon, le logarithme du maximum de vraisemblance, grâce à l'emploi alléchant du terme « information ». Mais à cette question, autour de laquelle bien des critiques et des débats ont tourné, la théorie elle-même est évidemment inapte à répondre.

Relevons tout de même en guise de conclusion que, même si elle n'a eu que ce seul rôle, celui-ci, du fait même de la puissance de l'opérateur logarithmique et de son vaste répertoire d'applications, a certainement permis de mieux poser un certain nombre de problèmes, de leur imaginer des issues nouvelles, et a de ce fait eu une influence directe et positive sur l'évolution de la pensée scientifique contemporaine.

Démonstrations

Démonstration 1

On peut démontrer ainsi l'équivalence entre l'égalité de l'information totale à la somme des informations partielles et l'indépendance des informations partielles :

Soit N le nombre total de possibles.

Soit a le nombre de possibles restant après l'information A.

Soit b le nombre de possibles restant après l'information B.

Soit x le nombre de possibles restant après les informations A et B.

$$I(A) + I(B) = \log (N/a) + \log (N/b)$$
$$= 2.\log N - \log a - \log b \qquad (1)$$
$$I(A \text{ et } B) = \log (N/x)$$
$$= \log N - \log x \qquad (2)$$

$(1) = (2)$ équivaut à : $2.\log N - \log a - \log b = \log N - \log x$

soit : $-\log N + \log a + \log b = \log x$

soit : $\log (ab/N) = \log x$

soit : $x = ab/N$

ou encore : $x/N = a/N.\ b/N$

ce qui représente bien la condition d'indépendance des informations A et B.

Démonstration 2

$H(A/b_j)$ a été définie comme l'entropie constatée de la source quand le récepteur reçoit b_j. On doit donc avoir :

$$H(A/b_j) = -\Sigma_i\, p(a_i/b_j).\, log\,(p(a_i/b_j))$$

Soit pour les différentes valeurs de i :

$$H(A/b_1) = -\Sigma_i\, p(a_i/b_1).\, log\,(p(a_i/b_1))$$
$$H(A/b_2) = -\Sigma_i\, p(a_i/b_2).\, log\,(p(a_i/b_2))$$
$$\ldots H(A/b_p) = -\Sigma_i\, p(a_i/b_p).\, log\,(p(a_i/b_p))$$

La moyenne pondérée de ces entropies s'écrit :

$$H(A/B) = \Sigma_j\, (p(b_j).\, H(A/b_j))$$
$$H(A/B) = p(b_1).\, H(A/b_1) + p(b_2).\, H(A/b_2) + \ldots + p(b_p).\, (A/b_p)$$
$$H(A/B) = -p(b_1).\, \Sigma_i\, p(a_i/b_1).\, log\,(p(a_i/b_1)) - p(b_2).\, \Sigma_i\, p(a_i/b_2).\, log\,(p(a_i/b_2)) \ldots - p(b_p).\, \Sigma_i\, p(a_i/b_p).\, log\,(p(a_i/b_p))$$
$$H(A/B) = -\Sigma_i\, p(b_1).\, p(a_i/b_1).\, log\,(p(a_i/b_1)) - \Sigma_i\, p(b_2).\, p(a_i/b_2).\, log\,(p(a_i/b_2)) \ldots - \Sigma_i\, p(b_p).p(a_i/b_p).\, log\,(p(a_i/b_p))$$
$$H(A/B) = -\Sigma_i\, p(a_i,b_1).\, log\,(p(a_i/b_1)) - \Sigma_i\, p(a_i,b_2).\, log\,(p(a_i/b_2)) \ldots - \Sigma_i\, p(a_i,b_p).\, log\,(p(a_i/b_p))$$
$$H(A/B) = -\Sigma_{i,j}\, p(a_i,b_j).\, log\,(p(a_i/b_j))$$

Démonstration 3

Pour effectuer cette démonstration, il faut tout d'abord établir une formule générale. La fonction logarithmique étant convexe, elle est en tout point située sous sa tangente en 1, ce qui permet d'écrire :

$$\forall x > 0,\ log\ x \leq x - 1$$

En particulier, si on imagine sur la même partition $X = \{x_1, x_2 \ldots x_i \ldots x_n\}$ deux lois de probabilités p et p', et que l'on pose : $x = p'(x_i)/p(x_i)$, on obtient :

$$\forall i \in [1,n],\ \log(p'(x_i)/p(x_i)) \leq (p'(x_i)/p(x_i)) - 1$$

D'où, en multipliant les deux membres de l'inégalité par $p(x_i)$:

$$\forall i \in [1,n],\ p(x_i).\ \log(p'(x_i)/p(x_i)) \leq p'(x_i) - p(x_i)$$

Soit, par addition :

$$\Sigma_i\, p(x_i).\ \log(p'(x_i)/p(x_i)) \leq \Sigma_i\, p'(x_i) - p(x_i) \qquad (1)$$

Or, $\Sigma_i\, p(x_i).\ \log(p'(x_i)/p(x_i))$

$$= \Sigma_i\, p(x_i).\ (\log(p'(x_i)) - \log(p(x_i)))$$

$$= \Sigma_i\, p(x_i).\ \log(p'(x_i)) - \Sigma_i\, p(x_i).\ \log(p(x_i)) \qquad (2)$$

Et $\Sigma_i\, p'(x_i) - p(x_i) = \Sigma_i\, p'(x_i) - \Sigma_i\, p(x_i) = 1 - 1 = 0$ (3)

En remplaçant les termes de l'inéquation (1) par leur valeur dans (2) et (3), on tire :

$$\Sigma_i\, p(x_i).\ \log(p'(x_i)) - \Sigma_i\, p(x_i).\ \log(p(x_i)) \leq 0$$

Qui s'écrit aussi :

$$\Sigma_i\, p(x_i).\ \log(p'(x_i)) \leq \Sigma_i\, p(x_i).\ \log(p(x_i)) \qquad (4)$$

ce qui est le résultat général qu'on voulait démontrer.

En prenant dans (4) :

$p(x_i) = p(a_i,b_j)$ et $p'(x_i) = p(a_i) . p(b_j)$, on voit que :

$$\Sigma_{i,j}\, p(a_i,b_j) .\ \log(p(a_i) . p(b_j))$$

$$\leq \Sigma_{i,j}\, p(a_i,b_j) .\ \log(p(a_i,b_j)) \qquad (5)$$

Par ailleurs, on a :

$$H(A) = -\Sigma_i\, p(a_i).\ \log(p(a_i)) = -\Sigma_{i,j}\, p(a_i,b_j).\ \log(p(a_i))$$

et $H(B) = -\Sigma_j\, p(b_j).\ \log(p(b_j)) = -\Sigma_{i,j}\, p(a_i,b_j).\ \log(p(b_j))$

Donc, $H(A) + H(B)$

$$= -\Sigma_{i,j}\, p(a_i,b_j).\ \log(p(a_i)) - \Sigma_{i,j}\, p(a_i,b_j).\ \log(p(b_j))$$

$$= -\Sigma_{i,j}\, p(a_i,b_j).\ (\log(p(a_i)) + \log(p(b_j)))$$

$$= -\Sigma_{i,j}\, p(a_i,b_j).\ \log(p(a_i).p(b_j)) \qquad (6)$$

On reconnaît là le premier terme de l'inéquation (5), au signe près. Comme le second terme de cette inéquation désigne par définition $-H(A,B)$, on peut donc réécrire (5) sous la forme recherchée, à savoir :

$$-H(A)-H(B)\leq -H(A,B),$$

ou encore : $H(A,B)\leq H(A)+H(B)$

Démonstration 4

La convexité du logarithme étant stricte, on a en effet l'égalité dans les formules (1), (4) et (5) si et seulement si : $x = 1$…

c'est-à-dire : $\forall i \in [1,n],\ p'(x_i)/p(x_i) = 1$
qui s'écrit aussi : $\forall i \in [1,n],\ (p(a_i).\ p(b_j))\ /\ p(a_i,b_j) = 1$
ou encore : $\forall i \in [1,n],\ p(a_i).\ p(b_j) = p(a_i,b_j)$

ce qui représente bien la condition d'indépendance des lois *A* et *B*.

Démonstration 5

Il s'agit d'une simple application de la formule de Bayes aux définitions données aux termes. Par exemple, pour démontrer : $H(A,B) = H(A) + H(B/A)$, la marche à suivre est la suivante :

$$\begin{aligned} H(B/A) &= -\Sigma_{i,j}\, p(a_i,b_j).\ log\ (p(b_j/a_i)) \\ &= -\Sigma_{i,j}\, p(a_i,b_j).\ log\ (p(a_i,b_j)/p(a_i)) \\ &= -\Sigma_{i,j}\, p(a_i,b_j).\ (log\ (p(a_i,b_j)) - log\ (p(a_i))) \\ &= -\Sigma_{i,j}\, p(a_i,b_j).\ log\ (p(a_i,b_j)) \\ &\quad + \Sigma_{i,j}\, p(a_i,b_j).\ log\ (p(a_i)) \end{aligned}$$

$$= -\Sigma_{i,j}\, p(a_i,b_j).\ log\ (p(a_i,b_j))$$
$$+ \Sigma_i\, p(a_i).\ log\ (p(a_i))$$
$$= H(A,B) - H(A)$$

Démonstration 6

$$T(A,B) = H(A) + H(B) - H(A,B)$$
$$= H(A) - [-H(B) + H(A,B)]$$
$$= H(A) - H(B/A)$$

Bibliographie

1. La théorie de l'information : une théorie transversale au cœur de la science moderne

Bergson, Henri, *L'Évolution créatrice*, Paris, Alcan, 1907.

Actes du colloque philosophique international de Royaumont, Paris, Gauthier-Villars, 1965.

Brillouin, Léon, *La Science et la Théorie de l'information*, Paris, Masson, 1959.

Hartley, R.V.L., « Transmission of Information », *Bell System Technical Journal*, 7, juillet 1928, p. 535-563.

Lancry, Pierre-Jean, *Théorie de l'information et Économie*, Paris, Economica, 1982.

Miller, George A., « What is Information Measurement ? », *The American Psychologist*, 1953, n° 8, p. 4.

Monod, Jacques, *Le Hasard et la Nécessité*, Paris, Éd. du Seuil, 1970.

Nyquist, H., « Certain Factors Affecting Telegraph Speed », *Bell System Technical Journal*, 47, avril 1924, p. 324.

Schoffeniels, Ernest, *L'Anti-Hasard*, Paris, Gauthier-Villars, 1973.

Shannon, Claude E., « A Mathematical Theory of Communication », *Bell System Technical Journal*, 27, juillet et octobre 1948, p. 379-423 et 623-656.

–, et Weaver, Warren, *The Mathematical Theory of Communication*, Urbana, University of Illinois Press, 1949.

Stonier, Tom, *Information and the Internal Structure of the Universe*, Londres, Springer Verlag, 1990.

Stumpers, F. L., *A Bibliography on Information Theory, Communication Theory, Cybernetics, Trans. of IRE*, novembre 1963.

Thom, René, *La Théorie des catastrophes et ses applications. Actes du colloque de juin 1975*, Paris, Systéma, 1975.

–, « Halte au hasard, silence au bruit », *in* Stefan Asterdamski, Henri Atlan et Antoine Danchin (éd.), *La Querelle du déterminisme, philosophie de la science d'aujourd'hui*, Paris, Gallimard, 1990.

Wiener, Norbert, *Cybernetics*, Paris, Hermann, 1948.

2. Des opérateurs mathématiques d'une grande élégance

Attneave, Fred, *Applications of Information Theory to Psychology*, New York, Holt, Rinehart and Winston, 1967.

Battail, Gérard, « Théorie de l'information », fiche E-1220, *Sciences et Techniques de l'ingénieur*, 1970, p. 1-20.

Hébenstreit, Jacques, « Théorie de l'information », in *Encyclopaedia universalis*, Paris, 1989.

Shannon, Claude E., « A Mathematical Theory of Communication », *Bell System Technical Journal*, 27, juillet et octobre 1948, p. 379-423 et 623-656.

–, et Weaver, Warren, *The Mathematical Theory of Communication*, Urbana, University of Illinois Press, 1949.

3. A la croisée de plusieurs concepts psychologiques et philosophiques essentiels

Aborn, Murray, et Rubenstein, Herbert, « Information Theory and Immediate Recall », *Journal of Experimental Psychology*, 44, 1952, p. 260-266.

Atkins, Peter, *Chaleur et Désordre*, Paris, Belin, 1988.

Brillouin, Léon, *La Science et la Théorie de l'information*, Paris, Masson, 1959.

Chaitin, Gregory, *Algorithmic Information Theory*, Cambridge, Cambridge University Press, 1987.

Goodfellow, L.D., « The Human Element in Probability », *Journal of General Psychology*, 23, 1940, p. 201-205.

Hake, Harold W., « The Perception of Frequency of Occurrence and the Development of "Expectancy" in Human Experimental Subjects », *in* Quastler, Henry (éd.), *Information Theory in Psychology. Problems and Methods*, Glencoe, Illinois, The Free Press, 1954.

Maxwell, James Clerk, *Theory of Heat*, Londres, Longmann, 1871.

Monod, Jacques, *Le Hasard et la Nécessité*, Paris, Éd. du Seuil, 1970.

Nghiem, Phong Tuan, *Transmission des données, introduction à l'usage des non-informaticiens*, Paris, Infoprax, 1979.

Rapoport, Anatol, « The Promise and Pitfalls of Information Theory », *Behavioral Science*, 1, 1956, p. 303-309.

Watzlawick, Paul, Beavin, Janet, et Jackson, Don, *Une logique de la communication*, Paris, Éd. du Seuil, 1972.

Wittgenstein, Ludwig, *Tractatus logico-philosophicus*, Paris, Gallimard, 1921.

4. La théorie de l'information : pour quoi faire ?

Attneave, Fred, *Applications of Information Theory to Psychology*, New York, Holt, Rinehart and Winston, 1967.

Brillouin, Léon, *American Scientist*, 38, 1950, p. 591.

Cullmann, Georges, *Théorie de l'information*, fiche H-1020, *Sciences et Techniques de l'ingénieur*, 1970, p. 1-10.

Garner, W.R., et McGill, William J., « The Relation between Information and Variance Analysis », *Psychometrika*, 21/3, septembre 1956, p. 219-228.

Hébenstreit, Jacques, « Théorie de l'information », in *Encyclopaedia universalis*, Paris, 1989.

Lautréamont, *Les Chants de Maldoror*, Paris, édité à compte d'auteur, 1868.

Lussato, Bruno, *Théories de l'information et Processeur humain*, Paris, Jean Favard, 1980.

Monod, Jacques, *Le Hasard et la Nécessité*, Paris, Éd. du Seuil, 1970.

Miller, George A., « The Magical Number Seven, Plus or Minus Two. Some Limits on Our Capacity for Processing Information », *Psychological Review*, 63, mars 1956, p. 81-97.

–, et Madow, W.G., *On the Maximum Likelihood Estimate of the Shannon-Wiener Measure of Information*, rapport technique nos 54-75, Cambridge, Air Force Cambridge Research Center, août 1954.

Prigogine, Ilya, et Stengers, Isabelle, « Hasard et nécessité », in *Encyclopaedia universalis*, Paris, 1989.

Quastler, Henry (éd.), *Information Theory in Psychology. Problems and Methods*, Glencoe, Illinois, The Free Press, 1954.

Table

RÉALISATION : PAO ÉDITIONS DU SEUIL
IMPRESSION : IMP. HÉRISSEY À ÉVREUX (EURE)
DÉPÔT LÉGAL : MARS 1997. N° 29940 (76057)

Collection « Science ouverte »
dirigée par Jean-Marc Lévy-Leblond

Jean-Pierre Adam, *Le Passé recomposé*, 1988
Alexander Alland, *La Dimension humaine*, 1974
Jean-Pierre Allix, *L'Espace humain*, 1996
Jacques Arsac, *Les Machines à penser*, 1987
Peter W. Atkins, *Comment créer le monde*, 1993
Henri Atlan, *A tort et à raison**, 1986
Henri Atlan & Catherine Bousquet, *Questions de vie*, 1994
Madeleine Barthélémy-Madaule
Lamarck ou le Mythe du précurseur, 1979
Stella Baruk, *Échec et Maths**, 1973
*Fabrice ou l'École des mathématiques**, 1977
*L'Age du capitaine**, 1985
Dictionnaire de mathématiques élémentaires, 1992
C'est à dire, 1993
Jean Bernard, Marcel Bessis, Claude Debru (sous la dir. de)
Soi et Non-Soi, 1990
Marcel Blanc, *Les Héritiers de Darwin*, 1990
Philippe Breton, *A l'image de l'homme*, 1995
William Broad & Nicholas Wade
*La Souris truquée**, 1987
Jean-Louis Boursin, *Les Dés et les Urnes*, 1990
Henri Broch, *Le Paranormal**, 1985
Max de Ceccatty, *Conversations cellulaires*, 1991
Jean Chaline, *Une famille peu ordinaire*, 1994
Giovanni Ciccotti *et al.*, *L'Araignée et le Tisserand*, 1979
Robert Clarke, *Naissance de l'homme**, 1982
Claudine Cohen, *Le Destin du mammouth*, 1994
Paul Colinvaux, *Les Manèges de la vie**, 1982
Harry Collins, *Experts artificiels*, 1992
Harry Collins & Trevor Pinch
Tout de ce que vous devriez savoir sur la science, 1994
Benjamin Coriat, *Science, technique et capital*, 1976
Michel Crozon, *La Matière première*, 1987

* L'astérisque indique les ouvrages disponibles dans la série de poche « Points Sciences ».

Michel Cribier, Michel Spiro & Daniel Vignaud
La Lumière des neutrinos, 1995
Thomas Crump, *Anthropologie des nombres*, 1995
William C. Dement, *Dormir, rêver*, 1981
Antoine Danchin, *Une aurore de pierres*, 1990
Alain Dupas, *La Lutte pour l'espace*, 1977
Freeman Dyson, *D'Éros à Gaïa*, 1995
Albert Einstein et Max Born, *Correspondance, 1916-1955*, 1988
Albert Einstein et Mileva Maric
Lettres d'amour et de science, 1993
Ivar Ekeland, *Le Calcul, l'imprévu**, 1984
Au hasard, 1991
Julio Fernandez Ostolaza et Alvaro Moreno Bergareche
La Vie artificielle, 1997
Paul Feyerabend, *Contre la méthode**, 1979
Adieu la Raison, 1989
Dialogues sur la connaissance, 1996
Jean-Gabriel Ganascia, *L'Ame-Machine*, 1990
Jacques Gapaillard, *Et pourtant, elle tourne !*, 1993
Martin Gardner, *L'Univers ambidextre**, 1985
Bertrand Gille, *Les Mécaniciens grecs*, 1980
Jean Gimpel, *La Fin de l'avenir*, 1992
Stephen J. Gould, *Le Sourire du flamant rose**, 1988
La vie est belle, 1991
La Foire aux dinosaures, 1993
Le Livre de la vie (sous la dir. de), 1993
Comme les huit doigts de la main, 1996
George Greenstein, *Le Destin des étoiles*, 1987
Mirko D. Grmek (collectif sous la dir.)
Histoire de la pensée médicale en Occident, Tome I, 1995
Francis Hallé, *Un monde sans hiver*, 1993
Edward Harrison, *Le Noir de la nuit*, 1990
Marie-Angèle Hermitte, *Le Sang et le Droit*, 1996
P. Huard, J. Bossy, G. Mazars, *Les Médecines de l'Asie*, 1978
Giorgio Israel, *La Mathématisation du réel*, 1996
Albert Jacquard, *Éloge de la différence**, 1981
*Au péril de la science ?**, 1984
*L'Héritage de la liberté**, 1986
Jean Jacques, *Les Confessions d'un chimiste ordinaire*, 1981
Patrick Lagadec, *La Civilisation du risque*, 1981
États d'urgence, 1988

Gérard Lambert, *L'Air de notre temps*, 1995
André Langaney, *Le Sexe et l'Innovation**, 1979
Tony Lévy, *Figures de l'infini*, 1987
Jean-Marc Lévy-Leblond et Alain Jaubert
*(Auto)critique de la science**, 1973
Eugene Linden, *Ces singes qui parlent*, 1979
Jean Matricon & Georges Waysand, *La Guerre du froid*, 1994
Georges Ménahem, *La Science et le Militaire*, 1976
P.-A. Mercier, F. Plassard, V. Scardigli, *La Société digitale*, 1984
Abraham A. Moles, *Les Sciences de l'imprécis**, 1990
Catherine Mondiet-Colle, Michel Colle
Le Mythe de Procuste, 1989
Jacques Ninio, *La Biologie buissonnière*, 1991
Stéréomagie, 1994
Josiane Olff-Nathan (sous la dir.)
La Science sous le IIIe Reich, 1993
Staven Ortoli & Nicolas Witkowski
La Baignoire d'Archimède, 1996
Daniel Raichvarg & Jean Jacques, *Savants et Ignorants*, 1991
Hubert Reeves, *Patience dans l'azur**, 1981
*Poussières d'étoiles**, 1984
*L'Heure de s'enivrer**, 1986
Malicorne, 1990
Compagnons de voyage, 1992
Dernières Nouvelles du cosmos, 1994
La Première Seconde, 1995
Michel Rival, *Les Apprentis sorciers*, 1996
Jacques-Michel Robert
*Comprendre notre cerveau**, 1982
L'Aventure des neurones, 1994
Colin Ronan, *Histoire mondiale des sciences*, 1988
Philippe Roqueplo, *Le Partage du savoir*, 1974
Penser la technique, 1983
Steven Rose, *Le Cerveau conscient*, 1975
La Mémoire, 1994
H. Rose, S. Rose *et al.*, *L'Idéologie de/dans la science*, 1977
Joël de Rosnay, *L'Aventure du vivant**, 1988
Rudy Rucker, *La Quatrième Dimension*, 1985
Carl Sagan, *Les Dragons de l'Eden*, 1980
Carl Sagan & Richard Turco, *L'Hiver nucléaire*, 1991
Henri de Saint-Blanquat, *Mémoires de l'humanité*, 1991

Abdus Salam, W. Heisenberg & P. A. M. Dirac
La Grande Unification, 1991
Jean-Claude Salomon, *Le Tissu déchiré*, 1991
Evry Schatzman, *Les Enfants d'Uranie*, 1986
Michel Schiff, *L'Intelligence gaspillée*, 1982
William Shea, *La Révolution galiléenne*, 1992
Roger N. Shepard, *L'Œil qui pense*, 1992
Dominique Simonnet, *Vivent les bébés !*, 1986
Solomon H. Snyder, *La Marijuana*, 1973
Isabelle Stengers *et al.*, *D'une science à l'autre*, 1987
Peter S. Stevens, *Les Formes dans la nature*, 1978
Pierre Thuillier, *Le Petit Savant illustré*, 1978
Les Savoirs ventriloques, 1983
Michel Tibon-Cornillot, *Les Corps transfigurés*, 1992
Erik Trinkaus & Pat Shipman, *Les Hommes de Neandertal*, 1996
Francisco J. Varela, *Connaître*, 1989
Jacques Vauclair, *L'Intelligence de l'animal**, 1992
Jacques Véron, *Arithmétique de l'homme*, 1993
Renaud Vié le Sage, *La Terre en otage*, 1989
Jorge Wagensberg, *L'Ame de la méduse*, 1997
Steven Weinberg
*Les Trois Premières Minutes de l'univers**, 1978

Collection Points

SÉRIE SCIENCES

dirigée par Jean-Marc Lévy-Leblond et Nicolas Witkowski

S1. La Recherche en biologie moléculaire
ouvrage collectif
S2. Des astres, de la vie et des hommes
par Robert Jastrow (épuisé)
S3. (Auto)critique de la science
par Alain Jaubert et Jean-Marc Lévy-Leblond (épuisé)
S4. Le Dossier électronucléaire
par le syndicat CFDT de l'Énergie atomique
S5. Une révolution dans les sciences de la Terre
par Anthony Hallam
S6. Jeux avec l'infini, *par Rózsa Péter*
S7. La Recherche en astrophysique, *ouvrage collectif*
(nouvelle édition)
S8. La Recherche en neurobiologie *(épuisé)*
(voir nouvelle édition, S 57)
S9. La Science chinoise et l'Occident
par Joseph Needham
S10. Les Origines de la vie, *par Joël de Rosnay*
S11. Échec et Maths, *par Stella Baruk*
S12. L'Oreille et le Langage
par Alfred Tomatis (nouvelle édition)
S13. Les Énergies du Soleil, *par Pierre Audibert*
en collaboration avec Danielle Rouard
S14. Cosmic Connection ou l'Appel des étoiles
par Carl Sagan
S15. Les Ingénieurs de la Renaissance, *par Bertrand Gille*
S16. La Vie de la cellule à l'homme, *par Max de Ceccatty*
S17. La Recherche en éthologie, *ouvrage collectif*
S18. Le Darwinisme aujourd'hui, *ouvrage collectif*
S19. Einstein, créateur et rebelle, *par Banesh Hoffmann*
S20. Les Trois Premières Minutes de l'Univers
par Steven Weinberg
S21. Les Nombres et leurs mystères
par André Warusfel
S22. La Recherche sur les énergies nouvelles
ouvrage collectif
S23. La Nature de la physique, *par Richard Feynman*
S24. La Matière aujourd'hui, *par Émile Noël* et al.

S25. La Recherche sur les grandes maladies
ouvrage collectif
S26. L'Étrange Histoire des quanta
par Banesh Hoffmann et Michel Paty
S27. Éloge de la différence, *par Albert Jacquard*
S28. La Lumière, *par Bernard Maitte*
S29. Penser les mathématiques, *ouvrage collectif*
S30. La Recherche sur le cancer, *ouvrage collectif*
S31. L'Énergie verte, *par Laurent Piermont*
S32. Naissance de l'homme, *par Robert Clarke*
S33. Recherche et Technologie
Actes du Colloque national
S34. La Recherche en physique nucléaire
ouvrage collectif
S35. Marie Curie, *par Robert Reid*
S36. L'Espace et le Temps aujourd'hui
ouvrage collectif
S37. La Recherche en histoire des sciences
ouvrage collectif
S38. Petite Logique des forces, *par Paul Sandori*
S39. L'Esprit de sel, *par Jean-Marc Lévy-Leblond*
S40. Le Dossier de l'Énergie
par le Groupe confédéral Énergie (CFDT)
S41. Comprendre notre cerveau
par Jacques-Michel Robert
S42. La Radioactivité artificielle
par Monique Bordry et Pierre Radvanyi
S43. Darwin et les Grandes Énigmes de la vie
par Stephen Jay Gould
S44. Au péril de la science ?, *par Albert Jacquard*
S45. La Recherche sur la génétique et l'hérédité
ouvrage collectif
S46. Le Monde quantique, *ouvrage collectif*
S47. Une histoire de la physique et de la chimie
par Jean Rosmorduc
S48. Le Fil du temps, *par André Leroi-Gourhan*
S49. Une histoire des mathématiques
par Amy Dahan-Dalmedico et Jeanne Peiffer
S50. Les Structures du hasard, *par Jean-Louis Boursin*
S51. Entre le cristal et la fumée, *par Henri Atlan*
S52. La Recherche en intelligence artificielle
ouvrage collectif
S53. Le Calcul, l'Imprévu, *par Ivar Ekeland*
S54. Le Sexe et l'Innovation, *par André Langaney*
S55. Patience dans l'azur, *par Hubert Reeves*

S56. Contre la méthode, *par Paul Feyerabend*
S57. La Recherche en neurobiologie
ouvrage collectif
S58. La Recherche en paléontologie
ouvrage collectif
S59. La Symétrie aujourd'hui, *ouvrage collectif*
S60. Le Paranormal, *par Henri Broch*
S61. Petit Guide du ciel, *par A. Jouin et B. Pellequer*
S62. Une histoire de l'astronomie
par Jean-Pierre Verdet
S63. L'Homme re-naturé, *par Jean-Marie Pelt*
S64. Science avec conscience, *par Edgar Morin*
S65. Une histoire de l'informatique
par Philippe Breton
S66. Une histoire de la géologie, *par Gabriel Gohau*
S67. Une histoire des techniques, *par Bruno Jacomy*
S68. L'Héritage de la liberté, *par Albert Jacquard*
S69. Le Hasard aujourd'hui, *ouvrage collectif*
S70. L'Évolution humaine, *par Roger Lewin*
S71. Quand les poules auront des dents
par Stephen Jay Gould
S72. La Recherche sur les origines de l'univers
par La Recherche
S73. L'Aventure du vivant, *par Joël de Rosnay*
S74. Invitation à la philosophie des sciences
par Bruno Jarrosson
S75. La Mémoire de la Terre, *ouvrage collectif*
S76. Quoi ! C'est ça, le Big-Bang ?
par Sidney Harris
S77. Des technologies pour demain, *ouvrage collectif*
S78. Physique quantique et Représentation du monde
par Erwin Schrödinger
S79. La Machine univers, *par Pierre Lévy*
S80. Chaos et Déterminisme, *textes présentés et réunis par A. Dahan-Dalmedico, J.-L. Chabert et K. Chemla*
S81. Une histoire de la raison, *par François Châtelet (entretiens avec Émile Noël)*
S82. Galilée, *par Ludovico Geymonat*
S83. L'Age du capitaine, *par Stella Baruk*
S84. L'Heure de s'enivrer, *par Hubert Reeves*
S85. Les Trous noirs, *par Jean-Pierre Luminet*
S86. Lumière et Matière, *par Richard Feynman*
S87. Le Sourire du flamant rose
par Stephen Jay Gould
S88. L'Homme et le Climat, *par Jacques Labeyrie*

S89. Invitation à la science de l'écologie
par Paul Colinvaux
S90. Les Technologies de l'intelligence
par Pierre Lévy
S91. Le Hasard au quotidien, *par José Rose*
S92. Une histoire de la science grecque
par Geoffrey E. R. Lloyd
S93. La Science sauvage, *ouvrage collectif*
S94. Qu'est-ce que la vie ?, *par Erwin Schrödinger*
S95. Les Origines de la physique moderne, *par I. Bernard Cohen*
S96. Une histoire de l'écologie, *par Jean-Paul Deléage*
S97. L'Univers ambidextre, *par Martin Gardner*
S98. La Souris truquée, *par William Broad et Nicholas Wade*
S99. A tort et à raison, *par Henri Atlan*
S100. Poussières d'étoiles, *par Hubert Reeves*
S101. Fabrice ou l'École des mathématiques, *par Stella Baruk*
S102. Les Sciences de la forme aujourd'hui, *ouvrage collectif*
S103. L'Empire des techniques, *ouvrage collectif*
S104. Invitation aux mathématiques, *par Michael Guillen*
S105. Les Sciences de l'imprécis, *par Abraham A. Moles*
S106. Voyage chez les babouins, *par Shirley C. Strum*
S107. Invitation à la physique, *par Yoav Ben-Dov*
S108. Le Nombre d'or, *par Marguerite Neveux et H. E. Huntley*
S109. L'Intelligence de l'animal, *par Jacques Vauclair*
S110. Les Grandes Expériences scientifiques
par Michel Rival
S111. Invitation aux sciences cognitives, *par Francisco J. Varela*
S112. Les Planètes, *par Daniel Benest*
S113. Les Étoiles, *par Dominique Proust et Jacques Breysacher*
S114. Petites Leçons de sociologie des sciences
par Bruno Latour
S115. Adieu la Raison, *par Paul Feyerabend*
S116. Les Sciences de la prévision, *collectif*
S117. Les Comètes et les Astéroïdes
par A.-Chantal Levasseur-Regourd et Ph. de La Cotardière